U0894799

灵魂住着
老头儿的少女

瑠 歌——著

图书在版编目（CIP）数据

灵魂住着老头儿的少女 / 瑠歌著. -- 南京：江苏凤凰文艺出版社，2021.7

ISBN 978-7-5594-5271-9

Ⅰ. ①灵… Ⅱ. ①瑠… Ⅲ. ①中篇小说－小说集－中国－当代②短篇小说－小说集－中国－当代 Ⅳ. ①I247.7

中国版本图书馆CIP数据核字（2020）第198429号

灵魂住着老头儿的少女

瑠歌 著

责任编辑 孙金荣
特约编辑 丢 丢
责任校对 杨芳云
出版统筹 孙小野
出版发行 江苏凤凰文艺出版社
南京市中央路165号，邮编：210009
网 址 http://www.jswenyi.com
印 刷 三河市金元印装有限公司
开 本 787毫米×1092毫米 1/32
印 张 9.25
字 数 200千字
版 次 2021年7月第1版
印 次 2021年7月第1次印刷
书 号 ISBN 978-7-5594-5271-9
定 价 52.80元

序

抒情结束的地方

我曾经和十六岁的瑠歌有过一次深入的谈话。

我是被迫的。

他站在客厅里，个子高到我要仰起头才能看清他的脸。我有点措手不及，本来准备招待一个少年，还做了不少好吃的。他在沙发上坐下，沉默着。

话题从物理学开始，微观，他说，只有进入微观才是一切文艺的方向。那一年，微观物理学大热，我请教过一个物理学家，作为文科生，勉强理解了一张桌子在微观物理学看来是变动不居的：它不停地死亡、新生，重新排列组合。

此后的对话，大约像一场对谈。比如一只苍蝇飞进一个空瓶子，这是否能构成一部长篇小说的全部内容？比如打游戏这件事，让他明白一切终有生死，接受死亡需要反复训练，而平淡是人生最终的结果。

我来不及接住他抛来的思想，只得再把它抛回去。对谈的话题丰富、信息密集。他一边说话一边思考。他不仅在思考，也在捕捉思考本身，同时观察思考中的自己，以及周围人的反应和点点滴滴。

晚饭开始，大家落座，他礼貌地中止了对话。大部分时候他默默地吃喝，但为了让大家感觉舒适，他也会参与到生活话题，说几句宽厚又温情的话。

有些人生来便是老灵魂。他的老灵魂还在适应他的成长，偶尔，显示出对青春的不耐烦。饭桌上有人问起他留学的事，问他想读经济还是物理，他说，想读哲学。

此后果然，他高中毕业后前往美国波士顿大学攻读哲学与建筑理论。在美国期间，他创办了一个微信公众号："十二美人图"，在这里我读到他的诗，又读到他的小说。

他的武侠小说《十二美人图》，像一组中国式的薄绢屏风，画面精巧、用笔机锋，仿佛烟云氤氲，仿佛春花烂漫，仿佛雪落寂寂。透过文字，一个时代、一些人的故事不露痕迹地刻进阅读人的眼里、心里，生了根、发着芽，渐渐地生了困惑：明明是旁观一景，却被命运裹了进去，此后经年便不能忘。

如同他少年时谈论游戏像谈论哲学，题材相对于作家的野心与才能，重要也不重要。

志向推动才华，也是被才华推动的。

将他创造的中国意境"屏风"推开，是短篇科幻小说系列。

如果不说作者国籍，很难判断他来自何方。主人公的姓名是西方的，场景现实又非现实。

这些小说在超现实与现实之间摇曳生姿，仿佛男与女、是与非、得与失之间那一条说不清、道不明的分界线——亦真亦幻。猜不透他是大大咧咧还是小心翼翼，他站在山峰之上，脚下之处，既是山之南，亦是山之北。

后现代、解构主义等这些名词的意义，在他的小说中天然生长、渐成世界。

视觉艺术、全球化时代、碎片化信息等，都和他的小说相辅相成，似是文化背景又似是真实内容。

当前辈作家们仍限于宏观，执手术刀精剖生活、析解人性，按照逻辑以小说再现人生时，瑠歌眼中所见、心中所感，皆是微观。到美国之后，他学习后现代建筑理论、马克思主义哲学和拼贴艺术，这些都对他的创作深有影响。他捕捉生活与人性之微，仿佛细微到一根针也是不够的，而是一根针最尖锐的那个点，再将它解构而非解剖、表现而非再现，将抽象的思索具体化，以文学为形式进行探索，不拘于题材、不限于时空。而以微观见宏观，以无常见有常，对他是挑战更是乐趣。

再见时，他已大学毕业。

他送来美国出版的诗集《公路旅行》，黑色封面，扉页上工工整整写着赠语。

他的个子好像更高了，态度更为从容，沉默少了，多了许多生活中的话。他看见一只猫跳上画案，埋首于一只笔洗喝水，于是他谈起了俳句，谈起了诗歌在当下生活远离宏大之后，如何从感官和现实出发,延伸到想象与未知,并在这其中构建诗意。

那个老灵魂一如既往，只不过与他的成长逐渐融合，并终于服从他的意志，合成一种奇特的稳定。对他人的善意和温暖，可能是他的天性，而这其中，亦包含对世事的深入洞察，甚至略带一点冷酷，这恐怕是老灵魂掩饰不住的沧桑。他尽量让自己处于旁观者的位置，似乎一切都是为了文学。他对世界的关爱是炽热的，却因为需要距离、因为理解最终难免孤寂，使他又显得略略冷峻。正是这种特质,使他的小说语言有一种特殊的、与他实际年龄不相符的敏感与成熟。他的灵魂太老了，而他的年纪尚轻，未来还十分开阔，于是二者并立，使他的小说呈现出一种哲学先行、艺术特立的文学光彩。

他扎根的文学土地不能简单地被理解为中国乡村或城市，而是中国文化最具诗意的部分；他的文学眼界也不仅限于东方西方，而是哲学世界、世界的各个角落和宇宙所向。他一边走一边向我描述各城市里的流浪汉，还提到有一条从机场直达市中心的高速公路，公路边是无边无尽的贫民窟，在贫民窟之中，矗立着高耸入云的百货大楼。他说,魔幻现实主义不是基于魔幻，而是基于现实。他去过的每一个地方，都让他以另外的角度重新审视文学和文学创作。

当我们还在争论什么是民族的、什么是世界的，我们却从未想过，瑠歌这一代年轻人的生活与才华，使他们既是民族的，亦是世界的。他们早已走上文学之路，并且开始创造历史。

瑠歌的短篇小说集命名为《灵魂住着老头儿的少女》，他又何尝不是灵魂住着老头儿的少年？

在他的个人简介里，最后有一句话：抒情结束的地方，才是真实视界的开始。

是以为序，并节选前半句为文章名。

崔曼莉

2020年秋于北京子大山房

自序

寻找乐园

成为作家的人大体有如下特征：

- 自认为极具文学天赋，看透了世界。
- 上学时得到了语文老师的夸奖。
- 看了太多小说、漫画和电影，或者打了太多游戏。
- 经受了剧烈伤痛，需要宣泄。
- 不想劳动，想过轻松的生活。

多数人因为上述原因而动笔，我也不完全算是例外。但对于我来说，最根本的动机是：

- 追求人类世界中美好的事物。
- 展现感官世界带来的体验。

- 享受将记忆、现实与幻想拼贴所带来的感觉。

我绝不敢保证，一个人具备了这三个动机，便能成为杰出的作家，名利双收、名垂史册。事实上，他可能一辈子都住在出租屋里，运气好的，有崇拜他的女人养着；运气不好的，每天忍受生活中各种小人物的刁难。但是，我可以保证，具备这三个动机的人，拥有了作家最大的快乐。

即，感受世界以及因创造自己的世界带来的喜悦。如果不是因为写而快乐，为何要动笔？会有人抱着嫉妒心动笔么？那样产生的作品必然丑陋。只有心怀爱，才能产生美好的作品。

具体来说，我的文学世界与批判没有关联，不像许多作家，有着强烈的通过文字，改造主流社会的愿望。我的作品可以看作，一种寻找乐园的过程：在旅途中，一切美好的碎片，和联想，构成了到达那个世界的桥梁。

对于我来说，天堂就是夜晚、黄昏、月亮、棕榈树、美人、霓虹灯、空寂的城市、爵士乐、合成器与迪斯科构成的梦境。我无时无刻，不感受着电子音乐的律动，想象以女人的视角，呼吸大海与日落。写作是将大脑的幻想真实化，抵达梦中世界的方法——如果我是画家，我会描绘那个世界；如果是音乐家，我便用合成器将它演奏出来。在诸多艺术形式中，文字具备它的优势，即它与我们的感官密切关联，是感受日常生活的最普遍形式，也为重组经验与现实提供了途径。

我时常恐惧会因一场意外失去记忆，对于作家来说，记忆是创作的源泉。同时，我也不那么恐惧丧失记忆，我有种感觉：即使我忘掉了身边所有的人与事情，对天堂的向往仍然蕴含在我的体内，因为那是刻印在灵魂上的感觉，在出生前，便已存在。

这是我的第一部短篇小说集，它由八个部分组成，第一篇《要塞》是讲，没有记忆的少年与少女，他们在看不见起点与终点的圆塔上，盘旋而上，将故事串联起的唯一线索是一本诗集、一些烟盒和沿路的机器人餐车。

第二篇《海》，描述一个女商人。事业有成的她最近变得多梦，且健忘。她的好友老李在病床上垂死，她的现实、梦境与记忆，也变得模糊不清。

第三篇《D4573》讲述下岗女工索尼娅，乘坐星际飞船来到D4573星球；在那里，她成了赌场里的兔女郎，用人生的后半页追求自己的青春。

第四篇《月见都市》，讲述少女克洛伊，在夜幕下的都市，寻找摩天楼顶的月亮，和她路上遇见的人们的故事。

第五篇《棕榈天使》，讲述的是："我"躺在酒店的床上，与交际花祝融回忆，与我相识的绝世美人沙由利。

第六篇《月亮都市电台》，讲述的是三个男女在一座城市里，因为"月亮都市电台"而邂逅的故事。

第七篇《城市波普简史》的故事发生在东京，穿插着一个无名音乐家与一位美丽少妇长达十五年的日记，以及他们最终的相会。

第八篇《粉红天空》，讲的是一个在贫民区里找到自己的白人流浪汉，在黑人聚集区找到身体真正的舒适……

这些故事，大多是以女性的视角叙述的，它们的舞台跨越了全球，甚至发生在月亮与别的外星球上。我认为，文学虽然从个体的日常生活与感受生发，但是它们所构筑的时空体验，不止于日常生活。文学可以抵达未来、过去与未知的世界，而这些世界完全是可触摸的，可听见的，可视的。通过文学的力量，我们可以创造一个可感知的幻想世界，在那里重新构筑人物的日常。在传统的文学与认知上，我们通常认为，我们的道德、经验与理性只基于现实社会中的日常生活，这个现实生活才是文学的主体，而幻想的世界属于远方，是飘渺的，不可触摸的。

我认为，我的文本，在一种程度上，也是对这种观点的挑战，一种通过文学解放人类感官的尝试，一种解放自己的创作道路。

文中提及的音乐部分源自现实，诗歌全部由我创作。感谢所有支持我，以及让这本书成为现实的人。

2020/7/17

目录

要塞

夜晚是蓝色的，白天是红色，云同样深不可测。也有人将红色的天当作夜晚，因为红色令他不安。

1

晚餐是面包，配上猪肉香肠。

热黄油浇在面包上，和甘甜的热牛奶一起融化在口里；再咬上一大块油腻的蒜蓉香肠。

热量是必需的，下一辆餐车要走上很久才能遇见，具体几个时辰，我们的主角没法知道，因为这里没有钟表，只有向上延伸的旋转道路和无尽的天。

夜晚是蓝色的，白天是红色，云同样深不可测。也有人将红色的天当作夜晚，因为红色令他不安。

蓝色的天是神秘的，但或许更让人平静。

餐车只有一个厨师，是个胖机器人，它告诉主角，距离上一个人来，不知过了多久了。

“虽然我是机器做的，但不代表我有时钟哦。

“做饭的火候和技巧？那种东西靠的是直觉。”

主角或许是最后一个来此的食客，不知下一个人何时能爬到这里。至于第一个来的人——

“那种事情，怎么可能记得住?

“我存在的意义，大概就是做饭了。”

餐车很小，大概只能容纳三个客人，即使如此，主角也很久未和别人一同用过餐了。

上一个碰上的食客，是一个沉默的男人，他狼吞虎咽地吃完两碗拉面，就上路了。

那似乎是旅途刚刚开始的时候，隔了很久，那股拉面的浓郁香味，还留在主角的嘴边。

他离开餐车，继续向上行走，那个机器人留在原地，擦拭他用过的盘子。

主角知道，自己一直在环绕着一个巨大的烟囱，螺旋向上行走。他的动作已十分老练，中途会开小差，回过神时，又绕了一圈，通过看地上的一条线，他便知道。

这是时间的痕迹。

离下一个胶囊酒店不远了，大约每往上走三四圈左右会出现一个胶囊酒店，当然这也不是固定的，之前出现过连续走过五圈，胶囊酒店未出现的情况。

说是胶囊酒店，其实是这高耸的墙壁上的一个长方形黑框，他提起把手，拉开门，里面就是一张床，有柜子，抽屉里有香烟和打火机。

主角在床上躺了一会儿，又走到胶囊外，走到道路的边缘。

他点起一根烟，靠着栏杆，将带着星火的烟头掷入云中。

来到这里的每一个主角，即使从未碰上过别人，也必然相信，有人和自己，踏上了一样的旅程。

主角曾经在之前的胶囊酒店的床上发现了女人的口红、一封信和男人留下的烟味。

每次在房间里闻到烟味，他就会想："那个拉面大叔提前一步来过这里。"

主角曾经在胶囊屋的床上发现了一本诗集，之后他就将它放在大衣口袋里。

今晚，他翻开了一页，那首诗这样写道：

青春

酸又苦
的柠檬
在糖浆里融化

贴心的是，抽屉里还放着一颗方糖。

那是柠檬的味道吗？

嘴里含着糖，他对着铁墙上自己的轮廓，睡着了。

醒来后，他将那张糖纸留在了被子上。

醒来时，天是红色的，透着淡蓝。

来到这里的人，多少会想过，今天开始，要不要往回走。这样又能吃到上次那个香肠，甚至离开这座无尽的圆塔。

但是他们没有人能想得起来，起点是哪里，自己是何时启程的。

主角走到栏杆前，他起床时，都会思考，是否有人从这里跳下去过。

他将烟头投入底下的天空，他知道，跳下去，注定是死亡，也许在下坠过程中，有漫长的回忆时间。

况且，这里又有新的美食可以期待，云很美，为何要寻死呢？

他接着上路了。

2

大概经过了三四个昼夜的交替，他来到了一处餐车前。很久之前，他曾经会记着天空颜色的交替，但很快就放弃了，他知道这样只是徒增时间带来的痛苦。

何时走了三分之一？离一半还有多久？终点在哪里？

这样的问题，完全不及路过的美食和云的流动。

在这次的餐车上，他遇到许久以来的第二个人，一个披着灰色披风的老人，他遮着脸，露出胡子来。

餐桌上摆着丰盛的蒸笼，老人却坐在一边的地上。

“早安。”负责烹饪的胖机器人倒着热茶，向他问好。

“为您准备了肉包子，还有豆沙包，请趁热吃吧。”

在他的记忆中，没有豆沙的味道，顾不上先和那位老者打招呼，他拿起了一个豆沙包。

豆沙的糖汁在他的舌头上散开。

主角在心里记录道：糖是令人快乐的。

这时候，那个老人说出了见面的第一句话："你是我见过的最后一个男孩。"

主角意识到，在他缓慢讲述的言语里，自己是一个稚嫩的人。那个人的嗓音有些淡漠，少了机器人的那种欢快，却多了一丝硬朗。

"你不吃包子吗？"主角又抓起一个肉包子，问道。

"包子？那东西，很好吃啊，但是我已经吃过了，一路上，我吃了不少好东西。

"要说最好吃的，也是面皮包着的，是饺子，配上一碗鸡蛋汤和甜醋，你有印象吗？"

主角回忆着每一顿路过的菜肴，他说的那个饺子，似乎不在自己经过的道路上。

老人看他若有所思的面庞，沉吟道："你或许还年轻，不记得路上发生的一切，或许你没有记录的习惯？"

老人看年轻人面露惊讶，继续说着："当你老了，过去的一切将浮现在眼前。"

主角寻味着这句子，突然想起那本诗集，从大衣兜里拿了出来，问老人："你知道这本书的作者么？"

老人打量着那个白色的册子，思忖了片刻，说："拿过来我瞧瞧。"

他翻开一页，朗诵道：

一个老人
守候着他
一平方米的玻璃箱里
粉色的气球

我亲眼所见
他遵守上帝戒律
在世界的角落
沉默
卖儿童玩具

男孩还未读到那一首诗，他疑惑道："上帝就是天空吗？什么是气球和玩具？"

老人笑道："呵呵，这是伟大的诗人拜伦的作品。"

拜伦是他听过的第一个名字，男孩便问："什么是诗人？"

"诗人，就是掌握了语言和旅途的人。"

男孩自忖着，显然他还未掌握旅途。

老人接着笑道："继续向前走吧，上面或许就有答案，或许什么也没有。"

说罢，老人陷入了沉默，男孩也不打断他，自顾自大口吃起了包子。

主角在饱餐之后，准备起身时，老人又张口说话了："你是我见过的最后一个男孩，在你之前，还有一个女孩，如果你加快脚步，或许能追上她。"

在主角的记忆中，他没有真正接触过女孩，但是通过那本诗集，他知道女人的样貌。

老人继续说着："而我，将翻出栏杆外，坠入无尽的大海。"

"天空的底下是大海么？"男孩问道。

老人舒缓地回答："这个答案，只有尝试过的人知道。"

老人见男孩还未离开，流露出一丝忐忑："你要亲眼目睹我这把老骨头掉下去？"

男孩说道："下面只有死亡和漫长的告别。"

他收起那本诗集，喝了最后一口茶。

临走时，他说道："更何况，路上还有新的美食。"

3

下雨了。

主角知道，下雨是因为云的关系。下雨的时候，会变冷，雨结束后，天会变亮，但是天空之外，仍然一无所有。

之前下雨的时候，他会留在胶囊酒店里，琢磨着他人留下的痕迹。

这次，他却选择了淋雨。或许因为老人的那番话，他有些期待与别人的相会。终于在他肩膀有些酸痛时，他决定在下一个胶囊酒店落脚休息。

他已经看见了墙上的那个把手，走过去，伸手拉开。

里面躺着一个长发的人，背对着他。

那个人转过去，主角便知道，这就是女人，她的皮肤比诗中所写的更黑，眉毛很长，嘴唇是淡粉色的。

女人瞪大眼睛，接着笑道："你是我遇上的第二个人。"

她说："雨很大，你也进来避一避吧。"于是两人就躺在了一张床上。

主角便把与老人的相会告诉了她。

那个女人笑着摆手，她说：“我觉得他说的不一定是真的啊。”

“那个人告诉我，他已经走过了漫长的旅途，可是我觉得，上面一定还有什么啊，不管是好事还是坏事。

“你知道这本诗集么？”

他将兜里的那个小册子递给了女人，女人随手翻了一页，念道：

人们总是议论
你的名声

我不在意别的女孩儿们
只要君依我好

女人开朗地笑着：“这真是首好听的歌，就像你我的缘分一样。”

“你知道这是歌？你曾经听过么？”

女人挠着头想了想：“或许吧，给我一种感觉，它就是一首歌。”

“你之前见过很多人？”

“没有呀，你是我见到的第二个人，除了那些做饭的胖机器人外。”

她犹豫了一下，总结道：“总之，我们女人都很在意朋友和名声的，我能感觉到。”

他们又一起读了拜伦的其他几首诗，其中一首讲到，他要成为一名桂冠诗人，虽然受尽世界的轻视，但他毫不在意。

里面说到很多他们都没见过的东西，两个人正在琢磨着什么是桂冠，主角突然想起来：“老人告诉过我，当我们老去时，过去的一切将浮现在眼前。”

女人说：“他也这么告诉过我啊，可是，谁想变老啊。”

雨停后，他们睡了一觉，然后继续上路了。

4

又经过了很多日夜，他们一直睡在一张床上，有时候会读诗，有时候就是盯着墙壁，沉默不语，他们都不想在旅途结束之前，就把诗读完。

在一次天逐渐变成苍蓝时，他们路过了一间餐车。

“原来这就是饺子啊。”

主角嘴里嚼着肉馅，嘟囔着：“原来这就是饺子啊。”

女人也在大口吃着，回应道：“难道那个老人往回走了？”

正在大锅里下饺子的机器人说道：“说不好，也许几百层之下，还有别的厨师在包饺子。”

“这里到底有多少层？”

机器人想了下，说：“我不知道啊，至少也有几千层吧。”

他们大快朵颐之时，机器人又补充了一句：“但是我知道，任何事情都有终点的。”

女人说道："那是当然。"

之后又过了好久，他们的头发都变长了，在一间酒店的抽屉里，他们找到了一把剪刀。中间有一次，天变成了灰色，持续了好久，主角站在栏杆边，凝视了许久。

雨也下了数次，那本诗集已经读了大半，他们在抽屉里找到了不同味道的香烟，还有几张纸。

女人将一张纸叠成了飞机，诗集里说过，纸可以飞起来。

它在空中折转了几次，慢慢下落，渐行渐远。

曾经有一阵子，风呼啸着，他们开玩笑道，马上就要被风暴卷走了。

也许他们被风卷入空中，落入大海，或许还能碰上那个老人，他八成已经死了。

至于那个拉面男人，他们一直没有碰到，可以确定的是，他一定走在前面，他们路过的每一个抽屉里的烟盒，都有被取出过的痕迹。

过一阵子，云变得稀薄了。

"终点快到了。"女人笑着说道。

在云之上。

有一天起床后，主角先到栏杆边去抽烟，门是敞开的，阳光洒在女人的被子上。

主角突然惊呼道："快看！"

眼前浮现出另一座巨大的圆筒，一样深不可测。

他们马上加紧脚步赶路，那之后，还品尝到了蛋炒饭和酸辣汤。那个巨大的圆筒，时不时地出现在身旁。

主角还注意到，红色的光芒来自很远很远的地方，而蓝色的天似乎永远在更高的地方。

女人已经能把诗像歌一样唱出来，有一次，在晴朗的天幕下，她唱道：

女孩们
为了红色的保时捷座驾
出卖灵魂

人人都想坐在那里
看着圣塔莫尼卡的落日

迟迟不愿归

主角笑道："你会为了一盘蛋炒饭，出卖灵魂么？"

女子大笑着："当然会了！"

他们二人开心地奔跑着："圣塔莫尼卡，是怎样的美丽呢？"

就在他们聊天的工夫，道路通向了一处终点。

那是一个巨大的圆形天台，空荡。

“快看啊，”女人笑着，“我就说过，上面一定有什么的。”

四周浮现出其他的圆筒，直穿云端。

他们注视着，远方的黄昏，逐渐盖过天空。

“接下来，一定还有什么的。”主角开朗地笑着。

“因为我们，还没找到那个拉面大叔啊。”

女孩笑着附和道。

海

有些人是注定无法再见的，有些人是不愿在病床上看见的。

1

她早上第一次醒来是七点十四分，窗帘之外的天空是乳白色的，她很快又睡过去了。

最近，她常做梦，有时候能记得内容。

再一次睁眼，已经是十一点二十，她从床上坐起来，有些生气，就嚷嚷道：

“小张，我那闹钟呢？怎么没响？不是跟你说过了么？”

小张是在她家上班的阿姨，农村来的，有两个孩子，月薪七千。她用不惯智能手机，嘱咐小张用她的手机，定了个早上的闹钟。

卧室外传来小张的声音：“海总，不好意思，闹铃早上响过了，但是您又睡过去了，我就没叫醒您。”说着，小张端着一杯水，来到屋里。

“你怎么没叫醒我呢？”她接过水杯，喝了一小口。

“不好意思。”小张又重复一遍。

“都中午了，你瞧瞧这。”她继续骂骂咧咧着，“都中午了，那就直接准备午饭吧。”

小张出门后，她继续自言自语着：“睡到中午，整个人都蒙了。”

二十七八岁的时候，去旅行，回到酒店已是半夜，往床上一躺，再醒来已是中午。午后，酒店房间里，飘忽的光，有点像今天早上的感觉。

她照照镜子，她的皮肤比当时黑了多少？她喜欢去海岛度假。头发还是一样的乌黑，中间她染过几次，次数不多。她也做过几次小保养，还有一次细胞再生——目前最高端的技术，有几个当红影星也做了，他们找的是外面的医生，而她是专家朋友介绍的，质量上当然不在一个档次。

鼻子，下巴，眼眶子，都几乎一模一样，但是从细微的皱纹看，明显是老了。

她和年轻人一样，起床后会刷Ins。她会点赞，点赞给在国外留学、经常和同学出去玩的朋友的女儿；她也给老同志点赞，虽然老同志发的东西无聊了些，但老同志发得少，因为他们都不太会用手机。

她的朋友们，都有至少两三部手机，一部公开使用，另两部私下使用，却几乎没有人能流利地打字。

她知道年轻人会用的表情，她有时候会在别人的照片下留言一个黄色的笑脸。

为什么要早起呢？小时候大人就说，一日之计在于晨，最近又有了个什么生物钟的理论；专家也说了，要早起，少熬夜（似乎每个医生都这么说）。总之，她活到现在，也说不出人为什么要早起，除非确有必要。但是人老了，就要健康些嘛，她的几个朋友，最近几乎只吃素了，前段时间，有人还喝过一阵子中药。

她反对中药，就两个字："没用。"而且，苦。

她换了一件白色的衣服，来到了客厅。

厨子一共做了六道菜，分别是：拍黄瓜、虎皮尖椒、竹笋烧火腿、冬瓜汤、炒鸡蛋、红烧肉。

她特地嘱咐过，厨师要做家常菜。她吃了一口虎皮尖椒，是真的香，但也太辣。她正要批评厨子，才想起来，虎皮尖椒，本来就是辣的啊，她年轻的时候，在外面吃的，也是辣的。

她咬了一小口，又喝了一口乳白色的汤，缓缓开口：

"告诉厨子，那个虎皮尖椒少放一点辣椒。"

小张回应道："好的，我这就转告他。"

相比之下，红烧肉可谓绝美，肥而不腻，她觉得好吃，就夹了两块，剩了一块半肥的，在碗里。

到这时，她才想起来，今天早起还有一个目的，就是看望老李：每个人一生中都会遇到几个老李，可是这个老李太不一样了，五十年的回忆，一句话说不出来。

她有一句口头禅："这种感觉是说不出来的，有些事只有经历了才知道。"随着年纪的增长，这句话几乎适用于任何事情。

为什么要早起看老李？老李不早起锻炼，也不看报纸。老李在病房里，他一般中午打完针就睡着了，所以要早上去。

那还是去吧，她琢磨着。吃完饭，换了另一身白衣服，司机把黑色的车开到楼下，一路开到西郊。

车经过了三环，她惊讶地发现，当年去过的一家羊蝎子店，还开着。

海的记忆力惊人，在朋友圈是人所共知的。她还记得，当时一起吃夜宵的，有一个影视公司的老总，是个爱吹牛 × 的傻 ×，还有他的一个朋友，也是一个爱吹牛 × 的傻 ×。

她的朋友在门口抽烟，等车时，她回头看了一眼匾额，四个浮雕大字：胜德涮肉，就这么记住了。

到了医院，车停在了后门一个比较隐蔽的胡同，她给老李的司机打了个电话。过了一会儿，一个朴实的、系着腰带的中年男人跑了下来，他轻声笑道："海总，您来了，上楼吧，李哥这会儿还没睡。"

她点点头，和他一起上了医院的电梯，路过洗手间时，她捂住了鼻子，她受不了消毒液刺鼻的味道。

老李住在西区五层的单间病房，这里的病号比较少，相对私密。

她走进去，看见老李穿着蓝白色的病号服，挺着个小肚子，望着窗外的西山。阳光洒在乳白色的被罩上，电视机里传出细声细语的人声，桌上摆着两个饭盆，一个不锈钢的，装着黄色小米粥，另一个塑料的，装着吃剩的卤煮。

海笑道："哎哟我的妈耶，您这还吃卤煮呢。"

老李转过头，挤出一个温和的笑容。

"想吃了。"

她坐在床右边的沙发椅上，他们这个身份和岁数的人，看病人会避而不谈类似的问题：好点没？找了哪个专家？等等；生病的理由也是含糊的，"我那腿有点问题""最近腰不太行"，等等。

海陪着老李望着窗外，来自西山方向的光芒照耀着医院一栋楼的塔顶。

老李突然张口："哎，你说我这病，大概能好不？"

她挠了挠后脑勺，说道："看大夫吧。"看政策吧，看那边动向吧，等等，这是遇到复杂商业问题时的一种判断，一种说辞。

她又补充了一句："多休息。"很快意识到这是废话，便不再说了。

老李看了一会儿电视，她又张口道：

"你还记得小不点么，就那个小不点，胡同里那个孩子？"

"记得啊。"老李的记性也惊人，稍微想了一下，便知道是谁。

"他爸前几天去世了，给我发了葬礼请柬，发到我那个旧手机上了，那天让小张给我整理照片，正好翻出来这条信息。

“你还记得吧，当时拐角那个小卖部，我们经常去的。”

“记得，西瓜冰棒，我没少吃。”

“小不点还记着我呢，当年他第一次结婚，我还出了两万，他爸那会儿还挺好的，高，瘦。老头每天晨跑。”

老李道:“记得，记得，小不点当年找的姑娘，整个一没层次，郊区的吧，我记得，长得也就那么回事儿。”

海笑着说:“可不，这次我看换了个丫头，挺不错，一问，南方来的。”

老李道:“不错，不错。我记得零几年那会儿回去了一趟，还看见老头了，后来就没联系了。”

过了一会儿，护士来了，司机小红也就是在门口接海的那个男人，出门和大夫说了几句话，护士给老李换了一个吊瓶，吃了一次药。

老李坐了十几分钟，就迷瞪了，海陪着他在旁边坐着。

大约两点半的时候，小红把她送下楼。上了车后，司机问:“咱们回家么，海总？”

她点点头。

车回去的时候要走四环，这样快。就在上高速前，海突然说:“等会儿，小陆，你帮我把那个蓝牙音乐挑出来。”

“唉，好的。”说罢，车靠了边。

海平时喜欢听的音乐，就下在小陆的手机上，因为只有小陆的手机能连车载音响，她自己的试了几次，都没成功。

车里响起了空灵的鼓声和清脆的铃铛声。这叫深度浩室，她朋友在国外的孩子推荐给她的，说这是最流行、最前卫的舞厅的音乐。她年轻的时候听迪斯科跳舞，她说这个和迪斯科很像，能“沉”在里头，可以摇摆。

海有一套自己的语言，只可意会。就像她说的，很多事情，只有体验了才知道。

走到半路，她想起来：“小陆，开车去商场，我去给那谁的孩子买点衣服。”

回到家后，她接了几个电话，律师拿了几个文件来家里。她在电话里发了一次火，最近她发火的次数少了许多。她年轻的时候也打过许多愚蠢的官司，和别人告来告去，法官两边钱都收了，上面也打招呼了，但总体上还是很难办，没结果。

海还有一句名言：“有些事，就这么过去了。”

如今，她发脾气很少了，不算早上和小张的那一次，她今天第一次生气。

她挂了电话，律师是一个斯文的光头，他们又讨论了几句，她决定：“不行就不做了，别和那边磨磨叽叽的，时间有限。”

傍晚，律师离开后，她看了一会儿电视剧，里面讲一个孩子在外面上学，被学校开了，瞒着父母，和女朋友住在一起。

海的手心捏了把汗，她笑了，自己明明没孩子，“看得还挺入戏”。

晚饭的时候，一个熟人来家里拜访了，熟人来家里是不打招呼的，直接上楼。

他们聊了一会儿，那个人感叹道：“唉，孩子又离家出走了。”

海扑哧乐了：“又离家出走了？”

男人沉着脸：“这次好像是玩真的，没偷偷管他爷爷奶奶要一分钱。”

“改天把你孩子拉我这儿实习吧，反正也不好好上学，我跟他好好聊聊，给他开工资。”

她的这位朋友颇为成功，但是和她其他朋友一样，孩子怎么也教不好，转学来转学去，由这个国家去到那个国家。

海总觉得是他们土老帽不懂得年轻人。

那个朋友说：“唉，有了孩子你就懂了，当爹当妈的心。”

“是啊，我没孩子。”

那位朋友走后，她躺在床上，又把下午的合同拿出来，反复看了看，却心不在焉，脑子里想的全是孩子的事儿——领养一个吧，也行，反正都是花钱的问题，但我又一个人惯了。

海的母亲去世十三年了，癌症，走得稍微有些早。之后她一直是一个人，平常见见朋友，出出差，家里除了自己，只有保姆和厨子。

她发现，自己有些记不清母亲的样子了，她想叫小张过来，把老照片拿出来，又觉得不合适。

“小张。”

“来了，您说。”

“那个，帮我倒杯水吧。”

“好的，海总。”

她想起了十九岁的时候，自己的母亲和别的母亲不一样，让她出去约会。当时她穿个喇叭裤，会滑冰、跳舞，别的孩子则戴着眼镜、顶着锅盖头。

桌上的水她只喝了一口，就睡着了。

2

第二天八点三十一，她起床，吃了早饭，直接去了公司。

十点半有个外国的客户过来开会，十一点半走的。她和翻译、项目策划和经理留下来继续开会，开了一会儿，她忍不住对翻译发了火。

“以后老外说什么，你一句一句给我记下来。”

她又自言自语道：“真是急死我了。”

下午一点多离开公司，之前她已有不舒服，快到家的时候，她对小陆说：“咱们改去下医院。”

小陆帮她挂了专家号，折腾到下午五点，没查出什么毛病，医生建议继续查别的项目。

“白疼一下午。”她嘟囔着。

她推掉了晚上和一个朋友的见面，说是有点事情。

回到家后，她没吃几口晚饭就躺下了，躺到晚上，终于觉得好些了，才得以入梦。

之后的几个月，这种不舒服，经常反反复复，大夫说是某种疑难杂症，建议入院，长期观察治疗。她是打死不愿意住院，“疼一阵就不疼了，没必要折腾，一天到晚在医院，瘆得慌。”

她找大夫开了一些止疼药，还有安眠药。

她吃了安眠药，睡得比以前好了，只是还会做梦。

她做了这样一个梦：

她还年轻，二十七八岁的时候，戴着最喜爱的一副粉色墨镜，开着一辆红色的敞篷跑车，在梦里，她记不清自己是否真的买过一辆红色的跑车。总之，她在沙漠之中的公路上行驶着，不是那种荒芜的沙漠，是长草的那种，远处还有巨大的岩石。路上，她载了一个搭便车的金发姑娘，她说自己离开父母，一个人在外面闯荡。

她们驶过星空和石子，车停在一个汽车旅馆里，那里有泳池。第二天睡醒的时候，她们在泳池里晒太阳，有一个长发的小伙子出现了。那个金发女子和他聊得很好。临走前，金发女子说自己爱上那个小伙子了，他们要留在这里，而海，戴着她的粉色墨镜，一个人继续上路了。

她感觉无所谓。路边驶过的仙人掌和奔跑的袋鼠，令她感到自由。

醒来时，还残留有一种感觉，说不上是难过。

她打开手机，得知老李去世了。

她的眼睛一下子就湿了。十多年来，她似乎从未哭过，即使在母亲的葬礼上，她总觉得，人嘛，该走的总要走的。

可是上天给老李的时间只有五十六年，她又意识到，自己年轻时，经常觉得人要是干出了一番大事业，活到五十就够了。

她想起老李和前妻还有一个儿子，很腼腆。前年新年的时候，老李还把他领到她家里，人长得高高大大的，刚上大学。她给了一包压岁钱。

小伙子说："谢谢阿姨！"嗓音很清澈，就好像还上小学的孩子。

海连忙把小张叫了过来，她犹豫要不要给老李的前妻打个电话，想想还是算了，最后打给了跟了老李二十四年的司机小红。

海没有参加老李的正式葬礼，因为老李后娶的媳妇令她厌恶，那一家子令她作呕。她无法想象那一窝子站在老李的棺材前，咄咄逼人的德行。这人死了，必定遗留有钱的问题，她一个女的，如果去了，那些俗了吧唧的人指不定怎么想呢。

隔天，老李的司机小红来访了，他本是个人高马大、很精神的人，这次一见面，霎时感觉老了许多。海才意识到，除了自己每个月去看望几次，是小红在没日没夜地照顾老李。老李的父母已去世，而海自己，也因为最近身体不舒服，去看望得少。

小红拿了几张老照片过来，里面有一张合影，是他们年轻时在威海拍摄的。他们二人立在一座悬崖的石碑旁，一人一边，海穿着一条红灯笼裤，三角黑墨镜，老李穿着一身灰色西服，黄墨镜。

海不由笑了，没想起老李年轻的时候，也潮过。

还有一张是他们大学的时候参加体育会的照片，一张是海和李同二人父母的照片，是九几年的一个年三十照的。她收下照片，留小红吃了顿饭。

吃饭的时候，他们聊到，老李的妻子因为不满老李分配过多遗产给前妻，拒绝探病。他们顺带还聊了一些当年的老同志，有的还健在，在国外打高尔夫，或者在家写字，有的已归西。

海说："真的，老李跟我说，他这一辈子最后悔的事情，就是孩子，还有小云，然后就是这身体。"

"人啊，活的就是一个过程。"这也是海特有的语言。小红学没上完就跟着老李，这么多年，也没读过啥书，小时候看过《三国演义》连环画，长大了能看得懂白话版，听了海的这句话，感到眼睛发酸。

走的时候，她给小红拿了一盒人参和鱼翅，说留给媳妇和孩子吃。

小红走后，她坐在卧室的沙发上，望着窗外。

滚滚尘埃，万里白云。

她一直琢磨着老李的孩子，老李的事情，猛地想起来，自己还有一个弟弟，同父异母的，十多年来因为分遗产的事情，一直对她怀恨在心。实际上，那笔钱，就算在当时，她也是不太看得上的。

最后，来回来去，她分了一部分给几个外甥。

她已经十年没与弟弟联系，中途她也试图暗中救助他，都被对方拒绝了。弟弟喜欢画画，一直在搞艺术，多少年来，一直留着长发。

晚上海又觉得不舒服，吃了两片药，把自己关在卧室里，有些害怕，又想起老李。

不过她发誓，如果真的快死了，就去国外安乐死。

天天在床上，半人不人，半死不死的，有什么意思？

想起老李的遭遇，她又流下了眼泪。

临睡前，她吃了一片安眠药。

这次，她做了一个很长的梦。

她梦见了自己的第二个情人，当时她已经发了一笔小财，在外面有很多仰慕者，但是她从未纠结过。她和一帮男人一起出去吃饭，从不抽烟。

当时她到一个国家出差，很冷，夜灯是黄色的，街上的房子像宫殿，却又破败。那个男人正好也在这个国家，她后来知道，那小子是故意趁那个时间过去的。

他们在街上走着，感受着自由，之后在一家餐厅吃了饭，然后去一个昏暗的大厅里跳舞，到这里，似乎和记忆里一模一样，又开始变得不一样。音乐是她最爱的，有爵士，有迪斯科，有鼓声，她是个舞蹈高手，但她感觉在那个男人怀里自己不会跳舞了。

接着，大厅变得越来越大，她发现，自己的朋友们围在四周，笑着看着他们，鼓掌。她很生气，冲上去指责他们。老李也在里头，戴着他那个黄色墨镜，咧嘴笑着。她正要教训老李，发现男朋友却被铐住了，来了一群高鼻梁外国警察，二话不说就要拉他走。他们越走越远，消失在大厅的尽头。

她记得男朋友在呼喊她，她很着急，去问所有的朋友，怎么捞人。她知道自己有很多钱，但不知道为什么，在梦里哪根筋不对，就是送不出去，不是人家不收，就是因为种种别的原因，给不出去。她很着急，问老李，老李笑着说："听天由命。"

就在焦急间，梦醒了。

她发现自己记不清男朋友年轻时的脸了。老李那声"听天由命"，一直回绕在耳边。

她吃过早饭后，给一位老朋友打了电话，那也是一位九十年代的大人物。二人最近都没啥事，又爱网球，正说要聚聚，还说要去哪个海岛玩玩。

她回忆起在老李的病床旁，想过的一个问题。

等她躺在病床上的那一天，会期待哪些朋友来探望呢？她有很多朋友，有些人是注定无法再见的，有些人是不愿在病床上看见的，真正一辈子能交心的，她数了数，正好三个。

能这么活，也值得了。

2019/12/3

波士顿

D4573

当航线经过浣熊座753行星时，许多人看到了他们一生中最美的星河。每天晚上，人们兴奋地聚在一起，讨论到了D4573将做些什么。

1

四十八岁的索尼娅·毕肖普，骑着一辆小摩托，正在穿越红土大陆的公路。

“星际地下电台”里播放着二十年前“乐园仓库”的一张唱片。她想起了人生中光辉的时候——二十九年前，索尼娅是一名女高中生，她用在唱片店打零工的钱，买了一辆二手的“旗舰 65”电瓶车。每天上下学，乘坐学校巴士的同学们，被迫注视着她把车缓慢地放入学校的车棚。

索尼娅的黄金年代持续了一年，她从那所学校毕业时，被分配到了布莱克·威尔逊企业（Black Wilson Corporation）旗下的一家机床厂，一干就是二十五年。事实上，这些工人家庭的孩子们，也没得选择。他们的父母无一例外地投票给了当年的首相威廉姆，那个伟大的电视演说家，他承诺让“每一个联邦人都拥有一份得体的工作”，并收取了布莱克·威尔逊企业两千万元的选举资金。索尼娅和她同学的父母们也都相互认识，他们在同一个区域的工厂上班，下班了在酒吧里一起咒骂“自由进步党”的人物。

起初的日子确实是好的，“布莱克·威尔逊企业，那可是铁饭碗啊！”布莱克·威尔逊企业的职员有独立的员工宿舍，布莱克·威尔逊企业的科长圣诞节带着全家到辛梅里特滑雪，小布莱克·威尔逊在联合国发表了重要讲话。

有工厂的大巴接送，索尼娅便不须骑她的电瓶车；而一个成年女工骑着小电瓶车上班，确实有些可笑了（除非她是那种主张低碳出行的亿万富豪）。真正心酸的是，一直到索尼娅四十四岁生日前三天，即从布莱克·威尔逊企业“自愿下岗”的那天，她也没搞清每天用起重机调动的零件，到底是什么玩意。这个问题是个谜——布莱克·威尔逊企业的一切高度保密，从机床芯片到秘密研发的工厂机器人，以及他们在金融危机中的神秘债务。

离开布莱克·威尔逊的当天，她发现，除去常年花在酒精和最少限度护肤品上的钱，她剩有一笔小存款，足够她搭乘星际巴士 212 号前往 D4573 号星球。唯一的遗憾是，索尼娅为了捍卫尊严，选择了主动离开，放弃了四个月的补偿金；那是挺大一笔钱，但是不足以让她屈尊和一群四十多岁、皮肤松弛、大腹便便的中年人在社保局和银行前台，与小年轻们来回争吵。

索尼娅踩了一脚油门，发动机的轰鸣与音响里的鼓点起伏，路边奔过一只外星野兔。她回想起在上飞船前的周遭，笑骂道：

“他妈的，瞧瞧你，又老又穷，为了几个破钱，装什么清高！”

索尼娅今年四十八岁，她年轻的时候属于那种一些老流氓为了占她点小便宜，可以喊得出“金发美妞儿”的长相。头发是金黄的，皮肤有些黑，身材没有走样，鼻梁和下巴分明，虽有一双蓝色的眼球，可惜没有选美小姐那诱人的眼神。好在索尼娅聪明，不会因为酒吧里某个傻瓜叫她几句“宝贝甜心”，就傻傻地和他结婚，为男人花钱，否则，她将腐烂在联邦北部的那个州，永远无法支付星际巴士的船票。

在太空船上，她尽可能节省开支，四十八岁的下岗女工，在外星球也不该指望找到体面的工作。在三年零十一个月的星际旅途中，她在星际巴士的“老火车”酒吧做服务员。那个酒吧位于中产人士和工人所处的船舱，就别想着在里头勾搭什么大款了。星际巴士是一座梦想太空客轮，大屏幕里播放着路过的行星，里面有八家电影院。美中不足的是，经济舱的客人无权进入贵宾舱，甚至不知道他们的大厅入口长什么样。许多在金融危机中失业的假名媛，用自己最后的钱买一张头等舱票和几件奢侈品，希望靠里面认识的大哥们翻身。

当然，对于四十八岁、长相中等、从事体力劳动的女性，这无疑是天方夜谭。索尼娅能在星际巴士上受到的最好待遇，就是有几个上了年纪的伙计在点啤酒的时候，还愿说句：“谢谢你，甜心。”并给上一块钱小费。而如今很多年轻人，会说：“女士，请给我一杯可乐，或者水，谢谢你。”没有小费。

她在船舱里遇到了一些朋友，有号称是吉他手和诗人的，有和她一样的下岗人士，还有人生圆满的退休人士，带着自己的老婆。当航线经过浣熊座753行星时，许多人看到了他们一生中最美的星河。每天晚上，人们兴奋地聚在一起，讨论到了D4573将做些什么。

有的人在酒精的作用下，吹嘘道：自己要四处流浪，死在外星的大陆上。还有的人透露，有一处秘密的稀土资源，他的几个伙计已经在那里赚翻了。

四十三天后，浣熊座753的光芒逐渐远去，星际巴士进入最后三个月的航线，人们的热情逐渐消退了。船上的铁哥们，下了船后，马上开始各奔东西。

索尼娅取上行李后，先在机场的商店，用在老火车酒吧挣的工钱，买了一辆“黄蜂号”摩托。离开机场的穹顶后，她看见了久违的阳光，来自另一个太阳，大地是红色的，无尽的公路朝着远方。

她调试好“黄蜂号”，手机连接到音响上，音量开到最大，启动了发动机。

驱使索尼娅来到的D4573的动力之一，来自十三年前移民至此的表弟。两个星球无法建立互联网和即时通信，所以D4573的消息，需要经过整合和渲染，再传输到地球。她收到几封表弟乔尼的邮件，里面说到，这里的人们“玩得太疯狂了”。她并没有被这样的话语打动，如今，中产阶级的儿童游乐园，也是用如此的语言宣传自己的；令她动心的是，在表弟发来的某一个视频中，背后的公路飘过了一群光着膀子，开着红色敞篷跑车的少男少女。这样的奇观，在联邦北部州的中型城市极其罕见，那里的人们只知道星期日上午去教堂。

索尼娅主动下岗后，她便义无反顾准备这场外星之旅。一个亲戚哭着劝阻她，声称那里是“人类堕落腐败的边境”，并且她将在到达之后一贫如洗，永远无法返回地球。

索尼娅温情地回答道：“温特姑妈，你说得一点也没错。”两周之后，她便踏入了星际飞船的舱门。

索尼娅的表弟乔尼，网名“德普”，高中毕业后，进入了布莱克·威尔逊旗下的另一个企业，早早地就被开除了，随后哭着和母亲索要了一张船票，来到了 D4573，如今已在这里生活了七年。

索尼娅与德普的人生，年轻时并没太大交集，只不过他移民到 D4573 后，成了家族里唯一冒险的那个人，家族里唯一的坏种，周日聚餐的谈论对象。

索尼娅告诉弟弟，自己也将前往 D4573，德普在邮件中热烈地回复了她：“欢迎你也加入这场游戏。”并邀请她在安顿好之前，在他位于天堂市的公寓中，安置自己一段时间。于是，索尼娅哼着小曲儿，骑着自己的“黄蜂号”，带着剩下的两千三百块钱，开往了大陆南边的天堂市。

D4573 的天比地球晴朗。一辆黄色的加长敞篷汽车从索尼娅身后驶过，里面一对戴着黑贝雷帽的男女：男人高鼻梁，戴着圆形黑墨镜，赤着膀子；女人穿着黑色的吊带泳装，发梢烫成白色。收音机里响着一个她不认识的唱片骑师的音乐。驾车的高鼻梁男子挥舞着啤酒瓶，头也不回，喊道："您好，阿姨！"

黄色的敞篷车喧嚣而去，索尼娅方恍悟，大笑，此刻，"黄蜂号"的电台里放着她的金曲：

人们总是议论
你的名声
我不在意别的女孩儿们
只要君侬我好

傍晚，"黄蜂号"停在了"草莓奶昔"旅馆，她看见了一辆粉色的面包车和"彗星 93"牌摩托车停在门口。前台的女招待操着联邦南部某个州的方言，递给了索尼娅一块挂着奶昔杯子图案的钥匙牌。她走上二楼，打开房间，里边有一张白色的床，粉红的椅子，墙上贴着《性感沙滩》黑发女主角的海报，阳台外的天，渐变成粉色。

就五十九元一晚的房费来说，真是不赖。索尼娅从冰箱里取出一瓶大陆牌橘子汽水，她来到 D4573 后，还未尝过这里的饮料。

橘子，啤酒，还有沙滩的味道。

这里的水，比地球清爽。

索尼娅接着从茶几上拿起一本《星际宝贝》杂志，售价0.97元，封面印着《性感沙滩》另一位金发女主角。《星际宝贝》是人类历史上伟大的，跨越星际的八卦色情读物，它安抚了所有孤独的男司机和工人。

《星际宝贝》亦是地球上的人接收来自D4573资讯的一个渠道。例如身价九个亿、在D4573长大的模特，十九岁的维罗妮卡，她喜欢赛车，上一期的《星际宝贝》介绍了她拥有的七辆限量超级跑车和赛道的故事。

索尼娅拿着她的大陆牌橘子汽水，坐在了阳台的椅子上。

粉色的云在飘，太阳二号在和地上的人短暂告别。

她打开了收音机，回头看了眼那张洁白的床——想象年轻的男女们在上面撒野，第二天保洁女工再用神奇的外星清洁球，使床恢复纯洁。

她躺在床上，脑子里没有任何地球上发生的事情，闭上了眼睛。

隔日早晨，她在一楼的餐厅吃了份标准的联邦早餐：黄油炒蛋、烟熏培根和橙子汁，配上D4573特产的葡萄糖浆。嚼着炒蛋，她意识到这里不过是刚刚告别地球生活的一个小中转站，真正的天堂市，与新大陆，尚在前面。

经过了两个汽车旅馆，离天堂市约三百公里的地方，索尼娅听见轰鸣声，头顶划过一道滑翔翼的喷雾，驾驶员是个女孩。

索尼娅低头看着“黄蜂号”的仪表盘:“如果上天允许，就让这个老太婆发财，在这里飞翔。”

傍晚，她在一个加油站后发现了“欢迎来到天堂市”的标志，一排棕榈树在迎接她。实际上，这儿离大海还有相当的距离，但这里是天堂市，必须要有棕榈树。

接着是“三角洲”赌场野性、不加装饰的白色三层楼，楼顶屹立着上上个世纪初的红色斜体字母:“三角洲”。天堂市不会用工整漂亮的城市地标迎接新人们，它会先用下三滥的赌场刷掉一群自以为是的蠢货。当这些下岗工人带着几个从地球上来的铜板从“三角洲”赌场出来后，他们发现，自己连乘坐市中心摩天轮的钱都没有了，等待他们的是派遣中心的日结工作和无底洞高利贷。

再往市中心里，即是传说中的“洛特·比克”“自由角”和“大本钟”了，那些深不可测的财团，光楼高就六百米，里面有钱人的保镖，够组建一个“布莱克·威尔逊”公司的分厂。

多少自以为是的人，在“三角洲”尝到了甜头，就狂妄地住进了黑曜集团的七星级连锁酒店，每晚在“自由角”的贵宾房挥金如土。之后，他们被追债公司逼到跳楼，或者躲在某个地下通道里。

在索尼娅联邦北部小城的家乡，她已目睹过无数蠢货，因为数目小得多的赌球深陷绝望，哀嚎。就像地球上参加周日礼拜的人们说的那样，天堂市是堕落的，充满铜臭味的一座监狱。

又怎样？这里的橘子汽水比地球上的好喝三倍。她宁愿独自死在粉色的天空下，而不是在联邦北部州的疗养院充满消毒液的休息室里，和一群老东西看电视节目。

她在草莓奶昔餐厅，点了一杯中号的香蕉奶昔和香肠汉堡，坐在窗边的吧台。外面驶过一辆黄色的甲壳虫汽车，车门上印着一张地球卡通画。餐厅里，戴着帽子的老头坐在角落看报纸，四个戴着大耳环的男女在点餐，没有人表现出莫名其妙的喜悦，他们已经习惯了这里的生活。她选择在去表弟德普家前饱餐一顿，一是为了观察这里的人们；二是，她不认为十三年未见的表弟，具备为她在家准备一顿像样晚餐的能力。索尼娅不介意德普的生活不像他所说的那样富裕：她并不认为，毕肖普家族三代打工的血统能够培养任何天才百万富翁。

就算表弟德普真的发了，索尼娅也不愿意让他掏钱，看着自己在高等餐厅大快朵颐，她会不好意思。

德普的公寓在天堂市中心的西南，两辆小跑车停靠在门口的花园，她按下了十二楼的按钮，出电梯后，只有三个住户，她敲响了最左边那扇门。

乔尼·毕肖普，即天堂市的德普，在“即刻空间”上有1724个关注者，打开了门。

“进来吧！”

门口散落着几双昂贵的鞋子，客厅里放着一个巨型灰色沙发，和一个巨大的屏幕。德普和十三年未见的表姐说的第二句话是："真见鬼，我的车上个礼拜刚撞坏了，现在还在修理厂里，否则我可以去接你。"

"没事的，我刚买了一辆小摩托，正好自己骑过来了，这儿的阳光真好！"索尼娅走入了他的阳台，对面的楼顶层有一座露天游泳池，背景充满了巨幅的广告牌，其中一张粉色的屏幕上印着一行黑色的小字：

性欲都市，第六部。

德普拿了两杯香槟走入阳台，宣告："首先，我要祝贺你，迈出了第一步，来到这里，再想回去，人生中的十年就过去了，地球上的人没有这个胆量。第二件事，就是恭喜你摆脱了那个愚蠢的家族，我走的那些年，那些七大姑八大姨没少骚扰你，说我的坏话吧？"

索尼娅笑而不语。

德普热情地提出要带她去餐厅时，索尼娅告诉他，自己忍不住在路上饱餐了一顿。

他们坐在灰色巨型沙发上，试图回忆一些年轻的故事和人们。索尼娅立刻意识到，来到这里后，地球的事变得模糊，当年经常往来的同学和亲戚，本应引起共鸣的回忆，比口中的甜味香槟，缥缈。

"到了这里，你才发现，活在当下是最重要的。"德普畅饮了一口，总结道。

她了解到，德普来钱的方式与天堂市的命脉息息相关，他说自己是出码人，换句话说，就是赌场的中介，还蹦出几个索尼娅听不懂的金融术语。他说他的主要职责，就是和客户玩一玩，但是他自己也下注。

他冷酷地批判了这个城市里的稻草，即那些带着毕生积蓄，在下三滥赌场输得一干二净的可怜虫。德普认为多数地球人保守，愚蠢，来到这个星球的唯一目的就是任 D4573 星人宰割。索尼娅试着认同表弟的观点，同时也忍不住怀疑，四十八岁，带着毕生积蓄来到这里的下岗女工，和他口中那些可怜虫有什么区别。

德普甚至谈起了政治，他已是一位合格的 D4573 公民，提倡政府享有最小化权力，相信资本的力量。德普在地球的时候，对地球的权贵阶层有强烈的怨恨；他认为布莱克·威尔逊企业里一名微不足道的小官僚，对自己前半生的种种不幸负有重大责任。索尼娅也在不同的场合，多次表达过，那个小领导的确是一个小人得志的蠢货。

“然而这儿，一切的规则都在重新建立，人们靠机会和本事赢得自己的钱，并且自己做主。”德普挥舞着香槟杯。

索尼娅含蓄一笑，她丝毫不怀疑，D4573 的居民靠着各种手段获得了可观的财富。“可人类丛林的规则，向来是多数人为少数打工。”索尼娅思忖了片刻，还是把话咽了下去。表弟过了二十多年的憋屈日子，现在终于出头了，没必要去扫他的兴。更何况，索尼娅并不是带着懵懂的理想飞到这个星球的，她选择了一种更自由的，有尊严的，被剥削的生活方式。

总体上，一切是美好的，德普向她展示了她的床，尺寸甚至超过了她在联邦北部小城的那个监狱式公寓。索尼娅不在乎德普究竟是干什么的，德普已逝的母亲知道了他的勾当，一定会在坟墓里哭泣的。但只要是赚钱的、不会送命的事情，就是好事，难道不是吗？

在表弟乔尼·毕肖普的高级公寓住了两周后，索尼娅意识到：

表弟不介意她寄宿在这里，而德普的生活方式令她这个贫困的老女人局促不安。德普的生活情调包括周末的狂欢，工作日出入高级餐厅，和偶尔带着舞弄骚姿的女孩回家过夜。当然，只要他的钱够花，这一切就没有任何问题，即便他抱怨过几次修车的费用。但这对四十八岁的下岗女工索尼娅·毕肖普，就是个压力了。她无法加入德普花天酒地的生活，她的年龄和她不多的存款，甚至不够在天堂岛折腾一晚上。夜晚，躺上床，冒险的喜悦仍令她怦然心动，但到了深夜，忧愁就包围了她。她无法从事赌博行业，德普亲口告诉她的："索尼娅，相信我，你太单纯，愣头青，绝不是这块儿料。"而一个四十八岁的女人再从事收入微薄的体力劳动，在很多地球人和 D4573 星球人眼里，皆是违反人权的。可笑的是，老板甚至不愿意花更低的价格雇用一个下岗老工人，他们干不动活儿，稍有伤残，老板甚至要亏本。

她暗骂自己：“他妈的，这些事情，你踏上那艘船前，不应该想清楚么？”

她请求德普，为她谋取一份在赌场端茶送水的工作。

德普勉强答道：“这里的很多工作都已经自动化，而且他们只雇用自己信得过的人。”

“拜托了乔尼，你去试试，如果不行，我就只能明早五点去布莱克·威尔逊企业在天堂市的分厂报到了。”

这个笑话打动了德普，他苦笑道：“好的，我会去问问经理，我们多想些办法，但是决定权不在我手上。”

第二天，下午五点，德普带着她来到了自由角赌场，它的外立面看起来是一座乌托邦的议会大楼，高大的、纯白色的塔顶直至未来，而里面是金碧辉煌的皇宫，在四楼的银色厅，一个派头十足、戴着眼镜的燕尾服男人站在赌桌区域的中间，用眼神指挥着来往的人们。

他瞥见德普热情洋溢走过来，淡淡地道：“你好，德普。”

德普一身灰色的西服，和经理握了手。

经理轻轻地接过他的手，又瞥了索尼娅一眼。

“这位是？”

没等德普开口，索尼娅抢先说道：“我叫索尼娅，是德普在地球上的朋友，我们都在同一家企业工作过，我听说他在这边，托您的福气，混得不错。”索尼娅撒了一个善意的谎言，她不希望表弟的上司知道，他有个穷酸的表姐。

德普尴尬地笑着：“给你介绍下，这是我的贵人，自由岛的白银厅的经理，沃兹。”

沃兹淡淡点头，示意他继续说。

“她来之后，通过即刻空间找到了我，她想在咱们这里讨个端茶倒水的活儿，她挺能干的，就看您的意思了。”

沃兹和一个路过的女招待在耳边说了些什么，回过头来说道：“人手肯定是越多越好，不过你也知道，德普，公司的规定是严格的，即便是这些小事儿，我也得经过程序，才能决定。”

德普满脸堆笑：“我明白，沃兹先生。”

沃兹点头道：“好，那德普你留在这里工作，索尼娅小姐，请跟我来。”索尼娅明显感觉到，金色眼镜的沃兹经理在说“小姐”这两个字时，露出的一瞬间不悦。她知道，自己的打扮更像清洁工大妈。而在他们前往沃兹经理办公室的路上，其他女招待投来的目光，更加印证了她的观点。

索尼娅暗自苦笑：“在七星级酒店扫厕所，总比凌晨五点去机场搬砖要强。”

沃兹经理宽敞的办公室里摆放着一套极简主义的桌椅和沙发，办公桌上放着一座显然昂贵的前卫艺术品。

沃兹坐在椅子上，打量着这个女人。

穿着不说了，那些刚下飞船的穷人，都是这个模样。她的头发是金色，这至少是件好事儿，任何星球上的地球人都偏好金发，这不会变。年龄明显大了点，不是老太婆，但皱纹表明她至少四十多岁了。还有就是，眼神没有魅力，在客人眼里注定是行尸走肉。

沃兹眯着眼睛，继续打量着她。索尼娅局促地低下头。

仔细看，她的身材不走形，也许是身上那件老土衣服的缘故。而且，五官比例还是好的，不是瓜子脸，但是尖下巴，颧骨和鼻梁高度也不错。

沃兹轻轻地张开口："你去厕所换身衣服，再回来。"说着拿起手机，指示一名下属拿一套制服过来。

沃兹见这个老阿姨有些木讷，没耐心地说："会有人带着你，快去，穿好了回来。"

一分钟后，一个小个子的女人拿着一袋子衣服敲了门。

沃兹经理眼神示意索尼娅跟着她。那个小个子女人像机器人一样，快步走向了洗手间，将衣服递给她，离开。

索尼娅有些庆幸，似乎面试进行得还算顺利。她在厕所里拆开那包礼服，吃了一惊，这是一套兔女郎的紧身服，就是在地球上的俏皮酒吧里，眼神轻蔑的年轻女孩儿的穿着。

她一时无法理解经理的意思，迫于他金边眼镜下无情的脸，她开始慌张地换衣服。索尼娅走出去时，匆匆地照了一下镜子，一路上避免与任何人的眼神交会。她甚至忘记了敲门，闯入了沃兹经理的现代艺术办公室。

沃兹微微抬起头，不耐烦道："永远要记得敲门。"

"非常抱歉，沃兹经理。"索尼娅感到羞愧。

沃兹再次打量着这个扭捏的老女人。

她的身材比例没有毛病，看得出腰和屁股，在这里的姑娘里，算过得去的。就是姿势太别扭了。

沃兹面无表情地说："在客人面前站姿不要难看，我理解你一开始会感到紧张。"

沃兹从抽屉里取出一张表格，"出示你的星际巴士的乘客信息和凭证，这样就省去了我们的审查环节。你的工作是女招待，就是你路上看到的女孩儿们的工作，手续办好后，你会先从散客厅做起，值班经理会告诉你怎么做，如果干得好，可以考虑转到高级厅。还有就是，千万别管闲事儿，别有想法，做你该做的，不过我相信，你应该不是那种小孩儿糊涂蛋。"

索尼娅接过文件，几乎笑了出来，并非出于喜悦——一个四十八岁的老太婆能当上女招待，也许他们真的缺人手了。

"仔细阅读这份表格，手续办好，今天就上岗。"沃兹没对她的表情做出任何评价。

索尼娅随身携带着证件，当天便完成了手续。她能想到的第一件事儿，即是赶紧回卫生间换好自己那件土气的棕色外套。路过走廊的落地镜子时，她悄悄看了一眼自己：

紧身服勾勒出了她的腰和忽略多年的性器官。一双匀称的长腿，她在地球的时候喜欢听音乐慢跑，但绝不是为了变美，那样的念头，在进入布莱克·威尔逊企业的第三年，就打消了。

再看自己的脸，她的眼神像个十七岁的傻姑娘，嘴唇和眉毛的轮廓，也在暗示，她似乎还有资格假扮一个少女。

值班的兔女郎保丽是个三十出头的黑发女人，有当地血统，还算热心，仔细交代了工作的内容。第一件事就是化妆，形象是第一位。黑发兔女郎说出这句话，索尼娅立刻撇开了脸，保丽锐利的眉毛、闪耀的粉唇和眼影令索尼娅觉得，自己刚上岗，就犯了一个错误。

保丽瞅着她："你以前不是干这行的吧？"

索尼娅鼓起勇气，直面了这个问题："是的，我以前干粗活儿的，让你见笑了。"

"过来吧。"保丽莞尔一笑，把她拉到了休息室，用自己的口红和粉底，在索尼娅的脸上抹了抹。

"可以了，照照镜子。"

索尼娅婉拒了她："不必了，多谢您，我可以开始工作了。"

保丽的指甲尖轻轻划过她的右脸蛋，诙谐道："他们在地球上对你不够好。"

保丽或许是D4573第一个对她表现出善意的陌生人。索尼娅观察到，如同德普所说，地球上的人，时常暗中用眼神敲打陌生人；而这里的人们更直白，满不在乎，来这里混口饭吃的人太多了，生活中有太多金钱和刺激，相比之下，索尼娅就像是个透明人。

接下来四个小时，她把全部精力放在端稳酒水、和客人礼貌地说谢谢上。中间有一次二十分钟的休息，她尽量避免眼神接触。

德普发来简讯，祝贺她得到了这份工作。十一点钟的时候，她准备去洗手间换好衣服，下班。她看见其他兔女郎一概穿着制服大方地离开，觉得自己有些可笑，于是也大步加入了她们的队伍。

幸好在赌场门口，迎面就是一辆的士。逃脱了穿着紧身衣被路人审讯的厄运，这令她想起了，几百年前，那些在小镇上被动用私刑，浑身粘满羽毛被游街的人。

索尼娅脑中不断回放着保丽轻柔的那句：“他们在地球上对你不够好。”回过神来时，古铜肤色的士司机已把车停在了“爵士节 77 号”的大院门口，朝她莞尔一笑：“慢走，美女。”

在索尼娅·毕肖普十九岁出头的时候，她还不时因为小伙子偶尔对她“甜心儿”“美女”的称谓暗自心动；进入布莱克·威尔逊企业的两三年后，她便发觉，这不过是做买卖的讨好客人。而过了七八年后，连这敷衍的称谓，她也很少听到了。

索尼娅出于本能地，又一次指责自己的过度敏感：“经理和出租车司机不过是出于职业礼貌，莫浮想联翩。”

她出电梯，走进德普家的大门，直入眼前的是摆在客厅与走廊间的大镜子。她看见了镜子里那个黑衣、金发的长腿兔女郎，停在了原地。

保丽的粉底遮住了她眼边的皱纹，她的脸蛋精致小巧。二十八年来，她一直以为自己是个大脸姑娘，这种认识源自一次家庭聚会上，母亲和温特姑妈在看电视时，对着她无意间说的那句：“索尼娅，你的脸看上去真大。”她盯着德普那扇定制的落地镜，确信无疑，除去脸上的人工光泽，那紧致的皮肤和闪耀的粉唇，完全称得上一个玲珑的大姑娘。

她第一次觉得，自己的眼睛可以放出光芒。索尼娅没有换掉紧身服，她躺在客厅的大沙发上，凝望着天花板的六角形灯饰。

“他们在地球上对你不够好”如烙铁印在她的心上。索尼娅记得，十八岁生日的前夕，她神色紧张地问正在做饭的母亲，自己能否得到一套简易的化妆品，得到的是轻蔑嘲笑。母亲喜欢坐在沙发上，尖酸刻薄地批判电视机里的演员和政客。她一生最大的成就，就是把索尼娅送进了布莱克·威尔逊技术学校，所幸的是，在索尼娅退出伟大的布莱克·威尔逊企业前，她就咽气了。

索尼娅又想起那群啤酒肚的表哥们，清一色娶了小银行柜台的女员工。那是一份比布莱克·威尔逊企业三级技术人员收入微薄的工作，即使如此，男厂工清一色地瞧不起自己的女同事，似乎长时间操纵起重机降低了她们的生育能力。

一滴眼泪顺着眼角滑过她的耳边，地球上的伤口隐隐作痛，即使她早记不清当年人们的样貌。

她来到洗手间，用保丽给的一小瓶卸妆油小心地擦拭脸颊，露出“本来面目”的她,仍不失健康的肤色。她终于脱掉紧身衣，摘掉了头发上的兔耳朵，和脖子上的白色领带。

第二天下午离开公寓时，没有德普的身影。晚上十一点四十，她刚进屋，德普醉醺醺地推开了家门，他上身一件黑底色的兔子花纹衬衫，拥抱了索尼娅:“姐，你看着非常好。”高级香水和烈酒混合的味道扑面而来。她闭上眼睛，脑海里出现一座教堂，还是婴儿的她被神父捧着，接受洗礼，四周是激动的乡邻。德普身上昂贵的味道是天堂市的圣水，烟、酒和性爱的混合芳香，只有在充满欲望的消费场所才闻得到。

散厅的空气中流动着空调的冷风，男人的脏话，香烟、威士忌和女人身上香水的味道。扑克散落。客人大多是下班后的中年男子，早就不指望发财了，无非是在这里喝杯啤酒，调调情，体验下肾上腺素的脉冲。有几个戴着帽子和墨镜,一脸高深莫测，也许是所谓的职业选手，不然他们就是在电视上看了一些职业比赛，装装样子。剩下一些看似世故的老人，实际上，他们的每笔输赢都清楚地写在脸上。

索尼娅工作的窍门颇简单，她只要自然地端着酒水出现在某个刚赢钱的家伙旁，一块甚至五块钱的小费就会弹到她身上。当然了，这样的小铜板，在沃兹经理的银色大厅，甚至派不上用场。

每天都有人潇洒地输大钱，赢大钱，装疯卖傻。北方的矿业大亨，无论输赢，都在五十层的总统套房同时睡九个模特。

对于索尼娅，这仅仅是一份差事，给老爷们儿端茶倒水，把皱皱的现金叠好，下班，走人。当然，会有一些表现出经济实力的，或者纯粹脸皮厚的人朝她示好。在这一点上，除了刚从家中逃离的小姑娘，所有的赌场女人心知肚明，男人不过是过客。

一个顶级的名媛可以在三分钟内看穿一个男人是否真的有钱，一个赌徒昨天提的法拉利，今天就可能拿去抵押，真正的元老穿着休闲，甚至不戴金表。他们说女神的眼泪为金钱而流，里面也藏着真挚的爱情故事，只是没了钱一切都行不通。

索尼娅也幻想过，二十年前她若来到天堂市，如今是怎样的光景。账户里存款必然是五位数，男人也已经换过三四个。在内心里，索尼娅自觉是个胖女孩，看了太多肥皂剧，各种幻想犹如肥肉到处滋生；在外表上，她却愈加陶醉于展现自己，她可以穿着四厘米的高跟鞋，轻盈地露出大腿根，行走在脑满肠肥的男人间。

下班后，她身着兔女郎的紧身衣，路过天桥。参天的摩天轮中间，挂着星际宝贝维罗妮卡的美瞳，二十四小时不间断在黑天下闪耀。

她轻唱出了一首歌:《欢迎来到天堂市》

夜晚的马戏团
像万花筒的涟漪
放射到星空

无法一掷千金
怅然地离开老虎机
在百乐宫的喷泉许愿

夜晚，上帝
下起黄金的流星雨
擦肩而过

在地球上的舞池里，少男少女们会一起合唱它，原作者在天堂市的街头弹吉他，最后死在了地球上。这本是悲伤的故事，被“地下室黑客”电子乐队混音成了一首欢快的舞曲，才走进了人们的视线。

索尼娅四周一看，天桥上唯她一个人，无人听到她的歌喉。

2

来到天堂市的第四十三天，索尼娅如往常一般离开自由岛赌场，脚踩高跟鞋，骑着“黄蜂号”，返回表弟德普位于爵士节77号的公寓。凉风拂面，高远的天空下，地上繁华的楼宇不再伟岸。而仅仅一声油门轰鸣，就把可怜人的思绪拉回眼前，十字路口停着一辆麦克伦898，一个尾翼的钱就值整辆全新的“黄蜂号”。头顶滑过的飞行翼，地下室传来的萨克斯，亦在提醒着，这个城市就是深渊，近在咫尺。

打开家门，德普少见地在午夜前回到家，卧室里传来他在通话的声音，嗓音如以往殷勤，却有失活力。他拉开门，披着一件黑色背心，长叹一口气，才注意到索尼娅坐在客厅。

他轻松一笑，在沙发上点了根烟。

他们聊了聊工作上的八卦。德普说别看沃兹经理一本正经，其实私底下认识很多十八九岁的小妞；索尼娅告诉德普，今天晚上，两个上年纪的家伙相互怒目而视了十五分钟，起因是一个人去上厕所太久，回来发现他的幸运座位被另一人占了。

德普提出，明晚带着索尼娅去见些朋友，又马上改口，说其实是客户。地点是无能俱乐部，本市著名夜店，工业风的场地配上奢华的沙发和吊灯，舞池里挤满了涉世未深的小妞，二楼的卡座通常坐着一个不可一世的阔少，身边围着一群过度兴奋的姑娘，或者坐着一个面无表情的大小姐，好像被从下午茶突兀地拽到动物园里。

次日中午，德普拉着她来到西郊的一条街区——红土大陆叛逆孩子的聚集地，他们把旧厂房改造成自己的工作室。高挑、耳后文着一条龙须的女孩接待了他们。德普提出，为庆祝她来到天堂市一个多月，由他本人买单，接着龙文身的女孩拿来了一件厚重的机车皮衣、网眼高靴和只有小姑娘才敢穿的那种牛仔短裤。

在更衣室，索尼娅发现可以驾驭这身红土大陆牛仔装扮，便提出自己付钱。

德普一再强调，晚上要见的是一群在自由岛贵宾厅影响深远的人物。到了下午，索尼娅有些紧张，好像德普要带着自己见未曾谋面的未婚夫长辈。实际上，认识大人物在这一行确实有各种便利，自由岛贵宾厅的客户可以指定发牌员和服务员，在盲注为一百元的牌局，一晚上服务生可以轻松赚到上百至千元的小费。

德普操着匿名官员的口吻，偷摸说，他的贵人，是北方一名矿业大佬的儿子，今晚到场的还有颇有名气的模特。德普换了一身深黑色的西服，从晚上开始不停和各路人马通电话，活像个执行任务的特工。

晚上十点半，无能俱乐部门口，身着红色夹克的墨镜先生从加长版劳斯莱斯里走了出来。神秘财团的公子必备一个威严高大的司机，同时充当他们的打手。手上一张黑曜银行的黑卡，要钱的时候，他们会直接打给老爹的秘书。他们也许有个同父异母的弟弟，名牌私立大学上学，在父亲创立的公司旗下的子公司实习，准备继承产业。

索尼娅意识到红衣公子足足小自己二十多岁，难掩脸上的惊讶，好在这种场合的聚光灯不在她身上。随后她见到了那位名模，脚踩一双七厘米的高跟鞋，一头蓬松的黄色卷发，一脸缥缈、淡漠的笑容。接着是德普提到的那位，可能在自由岛点她名的先生，他戴着长方形墨镜，一张阳光、含蓄的笑脸对着所有人。传说中的和事佬，有许多背景深厚的朋友，可以轻松一通电话安排你在某个大导演的电影里出镜，本人却从不在媒体抛头露面。

上层人士的聚会相当忌讳被陌生人说闲话，索尼娅在场的主要职责即代替店内的服务生。德普替红衣公子点了烟，他们说话基本半句不离脏字儿，聊的内容不外乎某个哥们儿昨晚花了几十万,哪个漂亮妞儿被某人轻松睡了。望着容光焕发的德普，索尼娅产生了奇妙的想法。

长久以来，毕肖普家族的长辈教导子孙们，要恪守勤俭和奉献家庭的美德。索尼娅的母亲会在餐桌上，愤慨地提起某个无赖街坊和报纸上刊登的贪污犯。十年来，路过街口那家饭店老板的小奔驰，母亲势必一脸不屑。先不论德普软心肠的妈妈，自己已故的、坚贞的老母亲，见到亮皮鞋的德普和露大腿的自己，是否会同他们断绝关系？

可怜的玛丽亚，辛苦劳作了一生，只读过《圣经》，为了三百元半夜在厨房幽幽抽泣。她一生不向医院的护士长低头，却无比崇拜自己那个当上了市税务局科长的高中同学，她做梦也希望索尼娅嫁给他那上过大学的儿子。她不渴望拥有德普这样的侄子么，他是毕肖普家族一百年来第一个开上跑车的好儿子，如果德普的母亲尚在世，她可以坐着商务车去医院挂专家号。

在玛丽亚临死前的三个月，一向顺从的索尼娅与她大吵。索尼娅愤怒地指责母亲以批判的名义嫉妒。进入布莱克·威尔逊工厂的第三个月，索尼娅用自己的薪水在腰上文了一朵玫瑰，之后一个月，玛丽亚未和女儿说过一句话。

在记忆里，母亲的脸是阴沉的；可头一次，或许是D4573特产酒精的缘故，她看见了德普拉着两人的母亲，激动地会见沃兹经理，所有人。

这一刻，她觉得玛丽亚十分可笑，看了一辈子新闻和电视剧，没听过一首真正的音乐。可是，心中对母亲的恨意，云消雾散。

索尼娅半梦半醒，沙发上的人们早已在酒精的作用下，进入了不知不觉的世界。

轰鸣的电子鼓震动着桌上的高脚杯，台上的光头奋力喊着无人听清的英语。红衣公子亲吻了模特的左脸蛋，她爆发出一阵剧烈的大笑。德普努力地向某个人敬酒，其余的女人们也都和男人们推搡在一起，墨镜先生笑眯眯地注视着一切。

索尼娅眯起眼睛，黄卷发的甜心似乎曾出现在某个巨大的广告牌上——圆耳环，一脸不屑，鼻梁高高挺起，脖子上挂着卡地亚最新一季的三位一体项链。此刻,她白皙的脸蛋变得通红，陶醉地挑着眉毛，扭动着S形的完美身躯，粉唇里吐露着每个看多综艺节目的少女都会的尖叫。下一秒，或许又将恢复一副不屑、淡漠的笑容。

香槟的气泡和吵闹的音乐令索尼娅额头发胀，她悄悄地站起来，朝着门口走出去，索尼娅很少抽烟，此刻却需要苦涩的尼古丁平复自己。

下楼梯时，她朝舞池瞥了一眼，几个小妞正在狂热地舞动，或者只是试图装醉，好引起她们身边一个戴着白金手表的帅小伙的注意；而旁边的几个男人，却不外乎认为这几个小妞都在勾引自己，费力地在一旁扭动着身子。

这群人的右边，有一个似保丽的女人，她的黑色长发高盘在脑后，左耳戴着银色的大耳环，和在自由岛的那只几乎一样，蓝光灯映照着她古铜色的侧脸，她闭上眼睛，黑眉笔勾勒出的眉毛、浓郁的眼线和嘴唇构成三条美好的曲线。

索尼娅可以确信，这女人是值班经理保丽，她的肩膀热情、优雅地舞动着。索尼娅正犹豫是否该打断她的兴致，保丽先行离开了舞池。索尼娅走下楼梯,保丽正好出现在吧台左侧的沙发。她优雅地翘起腿，桌上摆着一个红酒瓶，和两个杯子，一个蓝西服的精英人士，在她的左边低语着什么。

保丽的嘴角微微上扬，白皮肤的精英人士亲了亲她的脸蛋；保丽左手搂住他的脖子，朝他说了个悄悄话。

索尼娅躲在了人群中，目送蓝衣男人搂着保丽离开。

吵闹的贝斯遮住了人群的喘息，各种欲望随着身体舞动而出，黑夜中性感神秘的面孔，顷刻在聚光灯下暴露无遗；瞬间捕捉到的躁动与猜疑，随着舞池变暗，又失去踪影。

后半场，由酒精带来的自豪感之后的挫败感，开始发酵。索尼娅在无能俱乐部正门口点燃了一支薄荷烟。马路对面，穿着军绿夹克的男子坐在他的公牛 GT 前盖上，不可一世，留下他的女伴和跟班蹲在旁边呕吐。粉红短裙的靓妹撞出无能俱乐部的大门，后面追着一个男人，当粉红靓妹在车辆间逐渐远去，他放弃了追逐的脚步。

回到二楼的贵宾区，一场豪门闹剧正在上演：

银白短发的姑娘坐在八米长的沙发中间，诙谐地摇着鸡尾酒杯，其余人识趣地站到一旁，只留黄卷发的模特捂着可爱的左脸，对她怒目而视。

红衣公子僵硬地立在一旁，始终未摘下墨镜。三米开外有一个年轻人跃跃欲试，被三个人挡在了后面。

索尼娅忘了自己的存在，注意力完全放在了卷发模特和银发丽人上。

银发丽人只穿了件简单的银色裙子，唯一的装饰是脖颈上黑色的吊坠，灯光下，她小巧的嘴唇微微挑起。卷发模特的大眼睛直勾勾瞪着她，一时间表露出极度轻蔑，一时间极度愤怒。她试图摆出轻松的笑容，很快被不由自主的怒火掩盖。

银色丽人瞥她一眼，又拍拍红衣公子大腿。模特抄起一个酒杯，朝着她泼去，金黄色的液体洒在她的头发、鼻子、胸口，还有红衣男人的上衣上。

德普最先对这个局势做出反应，他猛然冲到了自己老板的身前，怒指着模特。黄发丽人身后的年轻人终于按捺不住，冲开围堵，挡在了自己的天使面前。

接着形成了两圈人，上去安慰着自己的朋友，并且试探性地招呼对面的人。德普忙用纸巾擦拭公子的红色外套；银色丽人拿起手纸擦拭自己的额头。混乱中，模特从人群的缝隙间又甩出一杯酒，这一次周围人都未幸免。

银色丽人，笑而不语。模特的护花使者试图拉着她离开，危机似乎要化解时，一个酒杯飞快地砸向了她的额头。紧接着，银发丽人还要抄起第二个，马上被自己的朋友们拦下。

模特先是尖叫，接着哭泣。银发丽人轻松地站在红衣公子的后面，模特的护花使者爆发出怒吼，试图瞄准她，推开身前的红衣公子。

一个沉默的男人冲出来，将护花使者踹出两米开外。他一直隐藏在红衣公子的身后，以至众人刚注意到他的存在。聚光灯未在他们身上停留两秒，又回到了超级模特的身上。

她挣脱了自己的朋友，朝着红衣公子扔杯子，纸巾，任何能捡起的东西，哭喊着："放开他，放开他！"德普见状，又冲出来，一把推倒了模特。

一直僵硬的红衣公子有了动作，他一把推开了德普，德普失去重心，倒在地上，并未理解突然变化的事态。

所有的人目光聚焦在红衣公子上，他走上前，温柔地拉起模特，此时，她的护花使者被打得倒地不起。

索尼娅感到一丝恶心，她想径直走到红衣公子的面前，一脚踹掉他的墨镜。事实上，她只皱了皱眉头，便沉默地转头离开。

在楼梯的拐角，她看见了长方形墨镜的和事佬。他一脸灿烂的笑容，拍拍索尼娅的肩膀："真是让你见笑了，赶紧回去休息，我照顾好他们。"接着，他从兜里拿出几张钞票，放在了索尼娅的手心。

男人朝着楼上走去，留下索尼娅错愕地攥着那几张百元钞票。

相信从不看黄金档连续剧的高尚读者，一定搞不清发生了什么：一位豪门小姐闯入了一群男女聚会，她和红衣公子有着似有似无的情愫，蔑视靠美貌上位的卷发模特。卷发模特有个爱她爱得死去活来的帅小伙儿，手上有些钱，但和红衣公子的零花钱比，不值一提。他不知红衣公子的深浅，为了自己的心上人冲上前，被一头凶狠的猎犬放倒在地。那头猎犬对红衣公子和他的财富极为忠诚，能迅速分辨一切违抗主人的老百姓。

显然，红衣公子素日与银色丽人和卷发模特均有传情暧昧。墨镜下的他纹丝不动，沉稳大方，或许只是巧妙地掩盖了自己的惊慌。但当一个身份低微的男人挡在面前，试图挑衅他，追求他的女人，他的脑回路立马开始运作——放任自己的忠犬殴打模特的护花使者，又拉起她的手。

这并非大部分人的游戏。

一时间，德普的花衬衫，挡在红衣公子前的身姿，令他成了他们之中的一分子。直到红衣男子扶起惊恐的模特，倒在地上的人，只剩早被打趴的护花使者和被推倒在地、一脸茫然的德普。

此刻已是凌晨三点，索尼娅朝着大街的北方漫无目的地走着。自古以来，红灯区分三六九等，靠近市中心那一块的是无能俱乐部和皇冠酒店，再往北两条街，是堕落天使俱乐部。它淡蓝色的灯牌几乎被黑夜吞没。那里的常客会告诉你，里面放的是真正的音乐，没有花里胡哨的灯光、交际花和香槟。无能俱乐部的常客则会告诉你里面是一群没钱、自以为有艺术细胞的怪咖。很多染发的年轻人每晚在里面进行激烈的、有关神经和性的勾当，还有些孤单的人，只是在舞池的角落静静地思考。

堕落天使不起眼的入口，一堆黑衣男女正在交头接耳，悄声议论着独自走过的索尼娅。

再往北走两条街，人们对那里的看法分成两个极端——有些人说这里才是真正的理想乡，大部分人则说那是堕落者残喘的坟墓。白天路过这里，你会看见穿着简陋、怪异的年轻人在墙上涂鸦，写下奇特的文字，为四处漂泊的旅人文身。一篇游记中写道，他们是深渊的居民，他们扫视路过的行人，眼神空洞，冰冷，你致以对视，他们会朝你微笑。

其中的某一个街角，常年坐着个高瘦的老头儿，总是眯着眼笑，如果孤单的旅行者坐下来和他聊天，他会递给那人一瓶没有商标的橙色汽水。某个旅行者曾警告过，千万不要喝下那瓶汽水，品尝过的人将会陷入和这条街上的人一样无意义、空洞、可耻的快乐之中。

索尼娅感觉到，门窗里藏着男人女人的眼睛，他们在秘密享受着某种仪式，渴望街上的人们加入。

她路过了加油站，便利店的老板是个上了年纪的男人，收音机里播放着远自地球故乡的民乐，货架上摆着各种香烟，有的吸了提神，有的让人神志不清。索尼娅拿了一瓶大陆牌橘子汽水，售货的老板入迷地盯着手机屏幕上的什么东西，几乎未抬眼看她。

她走出加油站，路灯和人烟稀少，天空将大地印上了相同的颜色，北方道路通往更加幽暗的世界。索尼娅朝着那边走去，无法直面匆忙逃离无能俱乐部的自己，好比十七岁的姑娘，天真地认为在物欲横流、人分三六九等的社会，人理应保持自尊。她看着手臂上无法掩饰的岁月痕迹，无奈地自嘲着。

或许，应立刻掉头，抓住德普，以姐姐的身份责骂他一顿，再发表一通关于人性弱点的演说。然而她却止不住地快步前往远方，下意识地攥着墨镜先生给她的五张百元钞票，好像一场无人幸免的闹剧中，自己是唯一的赢家。

街道终于沉静了，往后看，皇冠酒店的光辉依然耀眼，往前看，道路只剩下一团篝火和微弱路灯的点缀。索尼娅朝着篝火走去，三个年轻人围着篝火坐在一起，他们的收音机放着：

无需语言，无需交流……无需语言，无需交流……

这是仓库乐园的经典曲目，她朝着为首的那个戴帽子少年笑了笑。

他身边的两个少女转过头，一起望着她。

五米开外，一个中年男人照着手电筒，在修理一辆摩托车。它银色的发动机犹如野兽的心脏暴露在外。这款车名叫“流浪骑士”，可实现时速六十公里内的自动驾驶，最高时速达到三百二十公里。

男人很专注，未觉察到索尼娅，他身后是一辆陈旧的餐车，车身的油漆已经褪色，通过残缺的字母可以辨认，上面写着：边境热狗。

她继续朝北散步，道路的右侧是一片空地，一个女孩正在检查她的滑翔翼，她的长发被头盔包着，发梢在黑夜下分不清颜色。

“你好。”女孩转过头，朝索尼娅微笑。

“要飞了么？”索尼娅第一次近距离接触滑翔翼，此刻它的双翼收敛着，像树上休息的鸟儿。

女孩儿回答：“对，现在上空是最寂静的时候，过一会儿，就能看见日出了。”

索尼娅想起了星际巴士经过浣熊座753的时候，早上从经济舱的房间起床，她都会去观测室，穹顶的屏幕展示了浣熊星巧克力和糖浆混合而成的外表，它不过是宇宙中的一道甜点，而任何生命在靠近它的过程中，都会燃烧殆尽。

“去哪里？”沉默了一会儿，索尼娅问道。

“乐园市，我昨天下午才从那里飞过来的。”

“乐园市……”索尼娅重复着这个名字，传奇的仓库乐园组合，在最后一张专辑的歌词中写道：“再见，地球上的朋友，我将前往最后的乐园。”她未曾听人说过，红土大陆有叫乐园市的地方；至少在她的记忆中，地球上卖的观光册并未介绍过。

女孩儿看出了她的疑惑，便说道：“您是刚来到这儿吧？”

“嗯。”

“乐园市是红土大陆的天堂，在那里，你能看见这个星球的大海。”

女孩儿朝她淡淡一笑，启动了滑翔翼的控制电脑。

“我要启航了，请您站开一点。”

她的滑翔翼张开了翅膀，喷射器轰鸣着。

“祝您好运！”女巫骑着火箭扫把远去，所经之处留下了魔法。

索尼娅目送滑翔翼远去，心跳加速，感觉到恍惚的幸福。人性中桀骜的那一部分告诉她，再次见到长方形墨镜先生，应该将五百块原封不动还回去，但是现在，她只渴望更多的钞票。

她快步走回了无能俱乐部的门口，话剧到了最后一幕：车门敞开，红衣公子醉卧在加长版劳斯莱斯的后座，语重心长地握着德普的手。他反复强调了几个观点：“我一直把你看作兄弟”“我喝多了，但是你确实也喝多了”“我的女人，我心里有数”。

索尼娅饶有兴致地看着他们：每当德普试图发表看法，红衣公子便粗鲁地打断他，指着他的鼻子，把刚才的几句话说一遍——这何尝不是他真诚地表达歉意的方式?

德普握着他的手，不停点头。

此时其他人已散去，索尼娅目送劳斯莱斯渐渐离去，德普朝着镶嵌着金边的车尾招招手。

德普转过头，满面通红，带着疲惫的笑容。

“姐，你来了？不好意思，刚才太忙了，没顾上你。”

“我没事的，你还好吧，咱们回去？”

德普说：“没事，咱们走吧。”

“你见到 D 先生了吧？”他接着问道。

“哪位？你是说那个一直戴着墨镜的高个儿先生？”

“没错。”

“哦，他可真是个慷慨的人。”

“是吧，D 先生的为人可是出了名的。”德普露出得意的表情，令索尼娅意识到，她或许应该感谢他。

“是啊，今晚真是辛苦你了。”

“咳，都是工作啊。”

“咱们怎么回去？”

“等下我的车就来了，咱们先找个地方吃饭。”

在往南一个路口左拐的草莓奶昔餐厅，德普点了一份双层甜炸鸡汉堡和紫薯汁，索尼娅则要了一小杯金汤力汽水和薯条。

德普一边狼吞虎咽，一边告诉她，自己其实有压力，一个熟客通过他向赌场借了二十五万筹码，最近常联系不上。他需要随时维持和大客户的关系。他如同一个上了年纪的卡车司机，向即将上大学的女儿解释，她的每一笔学费多么地来之不易。

对于德普来说，她并非意义非凡的姐姐：幼年时，他们唯一的共同语言不过是逃离家庭聚会，一起去屋外散步。德普来到 D4573 前的人生，没有可圈可点的地方，和索尼娅一样，不过是被周围人忽视内心的普通人。

一通电话后，德普的黑色小轿车恰好停在路边。德普的司机比奇，黝黑的小伙子，刺猬头，牙齿洁白。他的笑容灿烂，称呼索尼娅为姐。一路上，德普东一句、西一句地说着天堂市一些有关金钱与性的小道八卦，令比奇两眼放光。索尼望着这个男孩的背影，他就像刚从球场走出来的少年。当德普说道“今晚艾瑞克为姑娘开了八千块钱的酒”，比奇露出了单纯的赞美，不包含男人应有的嫉妒。

德普在某个酒吧结识了在城市中游荡的比奇，成了这个年轻人的教父；偶尔让他开车，跑腿，支付远高出送货和看场子差事的小费。在比奇眼里，德普是个游刃有余的老大哥，他相信德普的江湖经验，甘心接受他蛮横的老大姿态。他随叫随到，不耍小聪明。小伙子比奇把车稳稳地停在了爵士节 77 号的院子里，兴高采烈地走路离开。

进家门后，索尼娅仍然恍惚着。今夜之所见，滑翔翼女孩儿、墨镜先生、比奇和“边境热狗”的商标如幻灯片闪过。德普不停地讲着天堂市的小报故事；索尼娅看上去好像津津有味地听着他的演讲，实际上却是在若有若无地思考着眼前和过去。

德普坐在沙发上抽着烟。

他说道：“你知道很多人坐飞船偷渡过来，接受面部改造，就是为了重新开始新的生活。所以我们，对这一切，都该包容。不是吗？”

"是啊。"

凌晨四点二十一分，霓虹灯外的一切失去声息，性欲都市的粉红广告牌上，飘过一个寂寞的塑料袋，狂欢的人们闭上眼睛，早晨仍遥遥无期。

索尼娅平躺在客厅的沙发上，打开手机搜索了"乐园市"，一个印着"乐园"二字的棕榈树图案，出现在搜索结果中，没有一家网站提及它的具体地址。

明天，她将被滑翔翼少女忘却，这终归是游园惊梦。但又何尝不是酒精的作用呢，睡一觉起来，哪些事情还可以留下？

之后的三天，索尼娅心不在焉，值班经理保丽梳着和那天晚上一样的盘发，索尼娅尽量回避她的笑容，避免在工作场合幻想保丽与蓝西服男子的交欢。保丽的项链看上去价值不菲，是成功人士赠予她的礼物么？她是否在他们面前展现裸体——诸如此类的画面不受控制地出现。自责的索尼娅想起教堂里的老妇人，以上帝的名义，聚在一起议论谁家的长短的偷窥者。保丽风情万种的肉体令男人膨胀，令女人嫉妒。

事实是，索尼娅含糊的举止，反而拉近了与保丽的距离：在休息室里，保丽会温柔地走过来，问她是否水土不服，让她去尝试红土大陆上独一无二的酸桂圆鸡尾酒。从各种意义上，保丽成了索尼娅在第二星球上第一个朋友，她们的对话从简单的寒暄，变成了背地里嘲笑坐在大厅赌桌上的蹩脚男人。

今天傍晚，在休息室里喝柠檬汁的时候，索尼娅问起保丽：“你听说过‘乐园市’么？”

“我知道，那里有大海，到处是派对，不过我没去过。”

保丽告诉她，乐园市是属于一部分人的公开秘密，据说由所有志同道合的人一起建成。

“我听说年轻的姑娘们在那里赤裸着上身跳一整夜舞。她们很神秘，很友爱，只会带着真正的朋友进去。”

“那真是个好地方。”

“当然，任何有快乐的地方都是好地方，不是吗？”

保丽放下她的薄荷香烟，吐了个烟圈，接着说道：“不过任何有快乐的地方，都需要金钱。”

“是这样的。”

接下来的四个小时，赌桌上的一位健壮男士成了焦点，他坐下不一会儿，桌上的筹码就堆成了一座小山包。他加注、亮牌的时候，总是满面春光，露出一口白牙，令同桌两个老男人怒不可遏，前后送了他八百块钱。他可让筹码在空中旋转三周半，精准地落在发牌人的桌上。健美先生试图以自己的坐姿勾引保丽，他豪迈地扔出十块钱的小费，这足以让一般的服务生受宠若惊。在赌场的人眼里，他称得上是职业选手，练就了一身假笑的本领，掌握了普通人的心理。他是个理想的结婚对象，能轻松地迷倒小有姿色、教育程度有限的女人，婚后带着老婆去海岛度假，并在周末社交场上，靠谈话技巧招来众人哄笑。

换作蓝西服的精英男士，他则会笑眯眯地和健壮男士告别，在该男子的注视下带着保丽走入黑曜酒店顶层的俱乐部。风情万种的保丽，这个城市的主人公之一，许多男人为了她做出蠢事，她享受注目，让欲望和爱支配自己，并悠然处之。

索尼娅逐渐明白了，德普口中的“天堂人”生活，穿漂亮衣裳的人，总被上帝和他的子民议论；但天堂人不在乎，他们分成不同金字塔集团，每个小团体都是富有和漂亮的人站在中间，他们常说，嫉妒自己的人，无非是无法得到他们所拥有的。

起初人们来到大城市，大多怀着成家立业的梦想；时间长了，他们便意识到，我需要娱乐，城市有太多诱惑，人们去舞厅跳舞，餐馆朵颐，买新的衣服，久而久之，他们发现存款账户里没几个子儿，可是他们舒坦地活过了每一天，生活失去了目的，也充满了快乐。

来到天堂市一个半月后，尽管对滑翔翼的渴望成了索尼娅工作的动力，闲暇之余，她仍会去拜访酒吧和舞厅，把钱花在女性消费主义所倡导的产品上。

坐落在赌场区域外的“9999”是一个巨大的圆台，被很多柱子支撑着，它的外围盖上了一层铁幕，里面有诸多小灯，人们只能看清周围人的轮廓，迷雾中，有歌手在唱着电子乐伴奏的蓝调。这里的饮品只有五块钱的“深蓝接触”，一小杯三百毫升的蓝色液体。

周五下午五点多，索尼娅靠着“9999”的某一处栏杆，旁边传来女性的哄笑，两个慵懒的男孩在回忆他们上次，和上上次派对的情景，有一个尖鼻子的人怒视着一切。

“少喝一点那个东西，它会让你忘记地球上的所有事情。”

索尼娅朝左看去，一个金色辫子、身披黑大衣的小个子女人平淡地面朝前方。

“您知道我是地球上来的？”

“你看看周围的人，他们喝这玩意儿就好像喝水，因为他们已经在这里住得太久了，血液里都混着‘深蓝接触’的成分。”

索尼娅低头看着浑浊的蓝浆，她在喝下一口前，反复闻了闻，与周围的人格格不入。

小个子女人继续平静地说道：“请你看看周围，那些一杯接一杯的人，他们的嘴巴不停动着，却没人记得自己说了什么。”

“天哪。”索尼娅轻呼。

“当然，‘蓝色接触’只和被选中的人产生真正的反应，有些人喝了之后，就成了超人。”小个子女人第一次转过头，她扬起紫色的唇角，鲜红的眼影是欲望的颜色。

“我是金吉儿，敢问您的称呼？”

“索尼娅，一个不起眼的地球人。”

金吉儿喝了一口手中的“深蓝接触”，说道：“大多数人认不清自己几斤几两，对自我的期望过高，就是痛苦的根源。实际上，我们都不过是靠金钱才能过活的普通人，认清这点总归是好事儿。”

金吉儿的手指上闪过一道红光，屋顶的蓝灯正好照在她的戒指上。

这时候，索尼娅感觉到蓝色的饮料在她的大脑里起了作用，她的身体冷静了下来，心灵更加轻盈。

“来感觉了么？”

“有点。”

“致新大陆。”金吉儿朝她眨眨眼，举起杯子。

“致新大陆。”索尼娅将杯中之物一饮而尽。

“索尼娅，我或许该叫你姐姐，你来到这里是为了什么？无法忍受丈夫和孩子，寂寞，孤单，还是为了钱？当我没说，我们谁不是为了钱？”

索尼娅轻叹一声：“我没结过婚，在工厂干了半辈子，没赚到钱，应该是个可怜的女人。”

金吉儿大笑道：“谁不是可怜的女人，没结过婚是好事，说明你没有无聊到把时间奉献给一个毫无内涵的人。”

“是啊，毫无内涵。”如同金吉儿所言，“深蓝接触”将地球上的回忆包裹在泡沫里，你若触碰，它就破裂。

“你在这里做些什么？”

“我在自由岛端盘子，每天给的小费比地球上挣的多，我很满足。”索尼娅回答。

“这是份很好的工作，不是吗？说明你在男人眼里还是幻想的对象。有没有遇上什么富老头？”

“想都别想，我已经四十八岁了，去给他们当保姆还差不多。”

“别这么说自己。”金吉儿缥缈地笑着，伸出戴着红宝石戒指的那只手，拂去左耳旁的头发。“你知道么，我的表弟德普，这份工作是他介绍的。他手下有一群踩着八厘米高跟鞋的小姑娘，管他叫‘哥们儿’，德普每天把她们派遣到不同的男人身边，再收取中介费，有的时候，那些姑娘还和他上床，为了换取一些机会。”

“哦，见鬼的德普，他把美丽的姐姐扔到一旁，从庸俗的小姑娘身上榨取甜头。”金吉儿晃动着手中的小杯子，双目对着里面的液体。

“别这么说，德普是个好小子，他受了半辈子气，需要扬眉吐气一把。再说了，我还住在他的家里呢。”

“原谅我，索尼娅。每个人都在为了自己的生活而赚钱，不是吗？敬德普。”说罢，她们轻轻碰杯。

“索尼娅，你待会儿有什么打算？”

“没什么事情，估计在这儿待一会儿，再四处逛逛。”

“既然如此，为何不同我走走？来吧，上我的车，我带你去看看天堂市可笑的居民。”

“你莫非是传说中的星际黑帮，专门拐卖、诈骗地球来的老土妇女？”索尼娅朝她莞尔一笑。

“哦，索尼娅，别这么说。你如此地美丽，请善待自己。来吧。”

金吉儿的“幻影”四座黑色轿车停在附近的一条巷子，司机是个悄无声息的黑人。

“我们去哪儿？”

“我们先接上一位可爱的朋友。”

车停到了赌场区的一栋高层公寓前，一位赤裸双腿、踩着高跟鞋的女人从门口走出来。她打开车门,亲吻了金吉儿的脸颊。

“嗨，介意我坐进来么？”

“请吧，这位是索尼娅。”金吉儿介绍道，“这是维奇。”

维奇对索尼娅没有太多兴趣。她把修长的腿放进车座，取出一根香烟，喋喋不休讲起昨晚试图勾引她的男人。

她挥舞着烟头，将男人贬低得一无是处。

她着重贬低了男人的身高，“他的鼻子才到我的胸口。”她又说起，男人试图让她坐上价值一百五十万的座驾，并做出难以置信的表情。

“维奇，你的追求者向来很多，不是吗？”

维奇轻松地一摆手：“这种男的，大把大把的。”

接着，她开始讲起与她调情的一位富人，据她所说，富人凌晨三点开着价值八百万的跑车来到她的家门口，打电话给她，被她拒绝了。她的言语中尽是谴责，眉目露出喜色。

维奇挨个总结了她的三个追求者的缺点，终于告一段落。索尼娅这才张嘴问道：“我们要去哪儿？”

金吉儿回答：“教堂，我们的维奇是一位虔诚的教徒。”

索尼娅难掩一脸错愕："我不知道这里还有教堂。"

维奇一挥手中的烟头："没有信仰的人，不是么？"

没有信仰的人。索尼娅多年来积淀于心的对宗教的批判几乎就要脱口而出了。可嘴唇闪闪发光、双眼动人的维奇未曾注意索尼娅的表情，说着发生在上个月一个极其奢侈的派对的故事。

"天哪，真是愚蠢。"金吉儿优雅地捂着嘴唇。

车停在教堂的底下，抬起头，纯白、高耸的塔顶，一面彩色的圆形琉璃窗，除此之外，无别的修饰。

教堂里一条红色的地毯，通向高大的神像，与地球上的神一样，无从得知她散发着慈悲，还是漠不关心。几排长椅上，只坐着三个人，未注意到索尼娅等人的到来。

"周五晚上的人们，通常在别的地方。"金吉儿同索尼娅站在后面，目送维奇走向神像。

"感到无法相信么？"她问索尼娅。

"并不是，我见过很多人跪倒在神像前，她的理由和动机和其他人一样充分。"

"上帝与世上一切的人，荣誉，利益和仇恨都是相容的，不是么？"

索尼娅轻轻点头。

维奇赤裸的膝盖跪在地板上，嘴里默念着。披上白纱，她一定是美丽的修女。

“你似乎是无神论者？”金吉儿问道，她们二人注视着维奇深跪在地。

“倒也不是，只是觉得无聊，地球上有太多的教宗和信徒。”

金吉儿讽刺地一笑：“在这座大陆的最北的一座城市，是一位先知建立的王国，在那儿，每个孩子，一出生就得成为神的信徒。”

“等他们上演集体自杀时，场面一定很壮观。”索尼娅评论道。

“老实说，你有点失望不是么，这里并不是理想国，有人的地方，就永远被观念和金钱支配着，不是么？”

“哦，对此我深信不疑。”

金吉儿瞥了一眼她的表情，继续说着：“你知道，宗教最大的力量是什么？”

“可以让人临死前觉得自己会上天堂？”

“那是一方面。”金吉儿停顿了一下，郑重地回答，“宗教最大的力量，是让人们真诚。”

索尼娅一时不明所以，金吉儿目光投向前方，维奇正从神坛上立起。

“今晚你仔细观察她，便明白我的意思。”

维奇朝着金吉儿大步走来，扬起脸庞。

“我们走吧！”

3

“幻影”轿车停在了两条街外的另一座巨型建筑前，波浪般蔓延的阶梯通向一扇雅致的小门，只许尊贵的人士进去，老百姓要走地下通道。这栋奶油色的歌剧院，仿照地球上一座辉煌的古建筑建成，由一位热心于高雅艺术的富豪筹建。塔顶一扇琉璃色的圆窗，除此之外没有修饰。

维奇大步穿入正门，金吉儿和索尼娅跟在后面。映入眼帘的是紧凑的长方形空间，墙壁露出大理石波纹，身着燕尾服的老绅士等候在镶着金边的电梯房前。

金吉儿向老绅士出示了某种证明，电梯上升至三十三层，出来后是一条铺着红地毯的走廊，墙上挂着关于贵族生活的油画。她们走进一扇双开门，里面传来男女的笑谈，鲜红的座席摆放在斜坡上，沿着地毯下至边缘的栏杆，才发现这是一座架空的观众台：高墙之上，漆黑的穹顶，高墙之下，金色的舞台。目之所及，分散着微弱的烛火。

那里的世界才是真实的，

这儿不过是梦境。

在云之上。

维奇身披灰白色的羽毛大衣，它的下摆垂落在地毯上。这里是只有上流鸟儿出没的空间，地毯甚至比普通人的床铺干净，大可放心地将价值一万五千元的外套拖曳在上面。维奇匀称、光亮的大腿从羽毛间迈出，她的高跟鞋落在一个男人的鞋旁边，大腿与他的距离不过五厘米，迷人的下巴压着男人的头顶，俯视这位毕业于著名文理学院的资本家的儿子。

维奇的长腿在男人的花丛中舞蹈，连在座的女性，她也温柔地拥抱。金吉儿站在她身后，朝每一位朋友内敛地微笑着。

索尼娅朝下望去，台上的舞人如上发条的木偶。围栏上设有望远镜，右手边的一位女人，在为她的女伴扇着扇子，议论着。打开望远镜，底下的小人变得鲜活起来，一位棕皮肤、头发乌黑的小美女在反复转圈，粉裙子舞起片片浪花。

“很奇妙，不是么？”金吉儿出现在索尼娅身后，“花上一百块钱，就能坐在楼下看一场生动的芭蕾，可有人偏要花上六百块钱，只为了坐在啥也瞧不清的楼顶，聊天。”

索尼娅放下望远镜，惊呼道：“我的金吉儿，你不必为我这么破费。”

金吉儿拍拍她的肩膀：“别在意，我们是朋友，不是么？再说了，我此行也有目的。”说罢，望向维奇。她正坐在两位公子的中间，双手勾着他们的肩膀，双脚交叉，高跟鞋尖的水晶闪烁着，白色的羽毛脱落在座椅后面。

下一位舞者出场了。

她的舞步狂放,直白。她闭上眼睛,告知观众,她不在意评价,只为自己舞蹈。

“你知道么？”金吉儿说,“这里跳舞的姑娘,从小被父母送来练习,很多人不会当一辈子专业演员,有的女孩子被贵宾台上的男人相中了,就马上结婚。”

“我不这么觉得,你看看她,”索尼娅目指台上的黑衣舞人,“她会坚持一辈子。”

金吉儿未做评价。

在她们后面,维奇正与两位精英学校的公子讨论现代艺术与诗歌。

“诗歌即是分行。”维奇嘴吐着烟圈,宣告。

“我的天哪,你在说什么,韵律,形式赋予事物一切的美……”

另一位精英不以为然:“二位别争了,你们仔细读过艾略特的作品么？”

“我说的每一句话,经过分行,即是诗歌。”维奇再一次高声宣告。她直起纤细的腰板,深邃的眼眸扫视着男士们。

“当然,维奇,你就是女神,你的言语就是艺术本身,但是,并非世界上所有的事物本身都是美的……”

另一位公子为他精妙的发言鼓掌。他们的观点此起彼伏,传到了索尼娅的耳朵边。

“有何高见？”金吉儿道。

“艾略特是一个废话连篇的弱智。”索尼娅低声道。

金吉儿掩住百灵鸟儿似的笑声，叹道：“哦，我的索尼娅，让我猜猜，你喜欢谁的作品，金斯伯格，垮掉的一代？”

“我喜欢听音乐，我不怎么看书。”索尼娅干脆答道。

金吉儿饶有兴致地打量着她。她们身后，维奇与二位男子的聊天内容升华到了美学。他们出乎意料达成了一致。

维奇忧伤地捂住了额头：“哦，天哪，你该去看看那些每周末在平价商场里的人。”

“不过是消费的躯壳。”一位公子挥舞着烟头，激动地点头。

他们一致认为，当今世界的大众文化是对美的玷污，一切都被批量生产，变得廉价，迎合中产阶级的口味。在古代世界，艺术是一项需要高级神智的、少数人的事业。如今的人们，为一时的快感,只会消费粗制滥造的东西。他们从古典世界的挽歌，聊到了有关中产阶级难以实现阶级跨越的宿命论。

维奇指着自己的脑袋：“知识和认识，决定了高度，社会制度决定了出身。”

“你看那些坐了四年飞船过来的人，不过换了个地方还信用卡账单和房贷。”

他们一齐叹气，对此表示同情。

说起上个月在天堂市民间广受好评的一部电影，三人看法一致，又迸发出大笑。

“我的天哪，多少年没见过这样精心拍出的垃圾了。”

“那位女主角……”维奇无奈地将左手一翻。

“那个女人和导演、制片人全睡了一遍。”叼着烟的公子说道。

正在他们讨论得如火如荼的时候，数十米下，台上舞者的表演已进入巅峰状态，她彻底闭上了双眼，双臂展开，笑容平静。

“有何高见？”金吉儿问向索尼娅。

“我只读到高中毕业。”单一句话。

金吉儿拍了拍她的肩膀：“索尼娅，别人的生活不过是台上的一出戏，这世上，只有一个人是真正自由的，便是自己。”

索尼娅无从得知，是否是“深蓝接触”的残存力量，让这句话刻印在她的灵魂上。

离开剧院后，二位男人与维奇、索尼娅、金吉儿一同来到了一家雅气的海鲜餐厅。他们讽刺了几位共同友人，说他们长得丑，自作多情，嫉妒心强。一位装作富有的女孩，成了今晚的最佳笑点。

索尼娅大口吃着勺子里的龙虾蛋糕，倾听着众人侃侃而谈，不时发出笑声，却绝不做一句评论。

他们口中的笑话令她发笑，当然讨厌的人同时也是可笑的，全然看你如何解读。

金吉儿的“幻影”轿车候在餐厅的正门。在车上，维奇的右胳膊搭在金吉儿的肩膀上，脸蛋红润，左手挥舞着香烟，她的长腿占了相当位置。这次索尼娅坐在车的前座，后脑勺传来维奇的诗句。

她在金吉儿的耳边悄然地捂着嘴笑，宣告道："即使如此""你懂我的意思""瞧瞧女人盯着我的样子"。接着又在金吉儿的耳边嘀咕着。

断句的艺术。

"你觉得什么是诗？"后面的谈话变得清晰，维奇说，"你听见我们之前的谈话了么？我知道你不会承认学生气的答案。"

金吉儿望着索尼娅的背影，缓缓说道：

"诗人，就是掌握语言和旅途的人。"

维奇沉思了几秒，点头道："是啊，掌握了语言的人，没错。"

轿车停在了无能俱乐部的门口，下车前，维奇亲吻了金吉儿的左脸，临走的时候，她说："上帝保佑我。"朝着二人微笑地招招手。

自始至终，黑人司机的眼神一直注视着前方的路，对身后美人的大腿、胸脯、醉醺醺的脸蛋儿，毫不动心。他只会用清澈的嗓音说："好的，小姐。"不时喝一口驾驶座旁边的水。

"今晚谢谢你。"索尼娅说。

"怎么会。不要客气，你是我的朋友。"

"我是说真的，我从未在这颗星球上和人说过这么多话，谢谢你。"

金吉儿笑着："看来你真的话很少，我还等着问你，你同意我说的么？"

"关于哪点？"

“诗歌。”

“我告诉你了，我主要听音乐。”

“一定有看法的。”

索尼娅思考了一下。

“我经常觉得所有人都不是自由的，拥有钱和权力越多的人反而越惧怕死亡，不是么？有时候我又觉得，这么想不过是安慰自己。”

金吉儿饶有兴致，点着头。

“我最喜欢的唱片骑师说过一句话，只要付得起房租，能够做音乐，生活就是快乐的。我认为，音乐能让我看见粉色的沙滩和空无一人的城市。这不仅仅是理想，它源自现实一点一点的积累，等我死的那一天，闭上眼睛，灵魂可安息在粉红的天空下。”

索尼娅一鼓作气说完了最后一段，金吉儿小声念叨：“非常好，非常好。”悄然用戴着红宝石戒指的右手，擦拭眼角的泪痕。

车开回了“9999”的附近，停在一处空地。金吉儿说：“下车吧，我还有话要说。”说罢，她同索尼娅一起来到了外边，一只长耳朵的野猫飞奔过去，不见踪影。

“现在明白我在教堂里说的话了？”

“你是说关于星际宝贝的信仰？”

“没错。”金吉儿听到“星际宝贝”四个字，咯咯笑出声。

“她很真诚。”

“正是如此，她坦荡地爱着金钱，抛弃每一个被她利用的男人。她问心无愧，甚至在接近我要求她睡的男人的时候也是如此。”

“噢，你果然是星际黑帮。”

“如你所见，我有钱，它们主要来自一些资本家的儿子，他们涉世未深，总有缺钱的时候，手上还有些不良记录和资产。”金吉儿掏出一根香烟，点燃。

索尼娅看了一眼旁边的“幻影”轿车，修长的车身被勾勒成一道弧线，红色的前车灯在黑夜露出锋芒。

“怎么样，索尼娅，你辛苦劳作十年的钱，我几个晚上的工夫，就能捣鼓出来。”

“那感觉一定很棒。”索尼娅的表情告诉金吉儿，她是真的这么想。

“所以，作为好朋友，我给你一个发财的机会。”

“只要不坐牢。”

金吉儿犹豫了下：“这我可不能完全保证。”

“那还是算了，你忍心把四十八岁的姐姐扔到监狱里？”

金吉儿笑着摆摆右手：“开玩笑的，几乎没有风险。

“你的德普表弟，他有一位叫梅森的客户，你认识么？”

“好像不认识。”

“那晚在无能俱乐部戴墨镜的红衣男人。”

当晚他的模样立刻浮现在索尼娅眼前：“当然记得，你是怎么知道的？”

“我盯了他很久了，当晚我就在二楼的后面，观察着你的表弟和你。这真是老天开眼，让我又在‘9999’碰见了你。”

索尼娅想起一部久远的科幻电影：有一小批地球人为逃离战争飞往了外太空，他们发现一种能源，科技因此突飞猛进。两百年后，一个少女，独自坐着飞船，回到地球。地球上的人口早所剩无几，参天大树生长在了工业废墟之中，她发现了一个独自生活的男孩，故事的结尾，他们决定在地球继续生活下去。

“梅森的那辆劳斯莱斯，我看上很久了。”

“偷车的事情我可无能为力。”

“你觉得阔大少梅森的劳斯莱斯是在旗舰店全款购买的么？他的老子，铜王斯坦利之前停掉过他的一张信用卡。梅森为上一任女友花了太多钱，他的老爹再富，也不会随便让儿子再添购一辆一百三十五万的轿车。

“梅森要征服一个模特，于是找上了他的伙计穆迪，穆迪认识许多公子哥儿，参加各种派对，专门替他们搞些见不得人的勾当。穆迪为他找来了一辆走私车，没有正规登记，是某个赌狗买下后又当给一个黑帮，最后不到一半价钱就搞定的。”

“你要偷走梅森的车？”

“阔大少即使大发雷霆，也没法报案，更不可能告诉他在北方的老爹。

“索尼娅。”金吉儿看着她的眼睛，“我只需要你做两件事，绝不会暴露身份。你会得到相当的报酬。

“除此之外，”金吉儿的无名指点了下索尼娅的下唇，“还有一份礼物，只属于朋友之间的礼物，我先卖个关子。”

此后三天，索尼娅开始频繁抽烟，午夜，躺在床上翻覆；白天站在镜子前，对着口红发怔。“你还好吧，索尼娅？”保丽关心她，索尼娅却愈加不安。她羡慕保丽不羞愧于自己的美貌，坦荡地接受男人的馈赠，快乐，自由。

索尼娅想起温特姑妈哭丧的嘴脸：“你将变得一贫如洗，被人欺骗，甚至身陷牢狱。”她一定会和棺材里的母亲告状。还想起一位高中同学，总是沉着脸，坐在角落，在一节讲述宪法的历史课上，他悲愤地举起手：“老师，法律不过是有钱人保护私有财产的工具。”事实上，他从未打过架，甚至不敢在地铁站逃票。到头来，你也只能发发牢骚，忍气吞声，不是吗？

她还做了一个叫她胆战心惊的梦。梦中，事发东窗，她在看守所的铁板上发抖，拒绝承认罪名，五天五夜无法保释。开庭当天，金吉儿神秘地消失，只有一位一小时一千元的律师现身。索尼娅和法官发表一通演说，又被判处蔑视法庭罪。法官的锤子正要落下，金吉儿开着直升机撞破了天花板，她顺着垂下的绳子爬上了飞机，两人顺利逃走。

隔日中午，德普哼着小曲儿在淋浴，手机放在客厅的桌上。索尼娅拿起手机，输入他的生日解开了屏幕锁，把一个小巧的黑盘插入了手机的接口。只要德普将赌场的电子邀请函发给梅森，木马病毒便会入侵梅森的手机。

“很简单，不是么？”金吉儿在一部匿名电话里笑着。

“如果被发现了，德普的小命估计不保，我也许不该这样对他。”电话另一头的索尼娅站在人群中，小声说道。

“确实有一定的风险，如果梅森及时想到了这方面，并雇用专业的团队调查的话。木马在消除三天后，永远没法追踪。我想他们应该没那么聪明。”

“好吧，亲爱的，你知道，我想在天上飞翔，但是我不能伤害德普。”

“我理解，祝安。”说罢，金吉儿挂了电话。

夕阳洒在了蓝色的楼宇间，一只鸽子从小广场起飞，影子在玻璃墙上，背景是红色的云朵。年轻人和他们的朋友快步走过，大道的北方，一架滑翔翼飞过。

索尼娅转头望去，她一定要在四十九岁生日前飞上天空。此时此刻，某个冒险家的滑翔翼逐渐消失在北面，比指头还小。

这可能也不会发生。还有两天，她就知道答案了。

今晚客人稀少，兔女郎们聚在休息室聊天。

“你知道么，我妈十七岁的时候独自一人来到这里，她刚生下我的时候，还发了一笔小财。我六岁的时候，她抛弃了我的老爹，因为遇到了个富有的男人。我刚上大学的第一年，那个男人，再也无法忍受她过度的社交和自满，离开了她。我的母亲没得到任何补偿，对方毕竟是真正懂法律的有钱人，她的市井聪明派不上用场。我妈变得极度悲伤，最后迁怒于我。”

保丽笑着抖抖肩，她们已经聊了三支香烟和两杯低度鸡尾酒的工夫。

“这确实相当糟糕。”索尼娅说。

“其实还好，我不记恨母亲，她有她的局限性。”保丽狠狠地吸了一口烟，“其实我很感激继父，他把我的学费付完了，要不然我现在就会是一名脱衣舞娘。我上学学的舞蹈，毕业后当过七年派对的专业舞蹈演员。我一开始觉得工作是玩，很刺激，但后面，我才发现，工作的时候玩并不能真正放松。现在的这个地方挺好的，薪水我也挺满意。”

“是啊。”索尼娅同意，“这份工作不知比我地球上的薪水高多少。”

“嗯，也许我只是老了，找个借口让自己认识一些有钱人。”保丽自讽道。

“又何尝不可？”索尼娅喝完了杯子里所剩的橘子皮泡金酒。

“其实没什么用，很多女孩花着男人的钱，可到她们皮肤松弛的那一天，却发现并没有结婚的对象，又因为先前买了太多首饰和包，手头也没有积蓄。再说了，结婚又能怎样？你结过婚么，索尼娅？”

“当然没有。”索尼娅为此和玛丽亚做过激烈的抗争。

“男朋友呢？上床的对象？”保丽注视着她。

“在我们那个地方，指望不了多好的。”

“哦。”保丽叹了口气。

“我刚才想问，你是专业的派对舞蹈演员？”

“对，我跟着许多大的活动巡演过，浣熊厂牌、深邃都市，还有好多，你喜欢仓库音乐吧，你应该听说过的。”

“深邃都市，我的天，我的最爱之一。”

“没错，他们的现场好像沙漠里的祭祀，我们戴着面纱，在迷雾里跳舞。当时巡演了五个城市，哦对了，最后一站是天堂市，可惜我生病了。我上次居然忘记和你说这件事情。”

“那可真是个好地方啊。”

“是啊。”保丽吐着烟圈说，“希望有一天你能去到那里。”

晚上八点一刻，散客厅的常胜将军、热衷于和兔女郎调情的健壮男士，挑了风水尚好的一桌牌局坐下，他露出洁白的牙齿，和桌上的人打招呼。不出十分钟，一个倒霉蛋因此一口气输掉一百元。

“蹩脚男又出现了，上次他递给我二十块钱小费，指望我把即刻空间的账号留给他。”保丽与索尼娅相视一笑。说着，她拎起背包：“我要下班了，那个蠢货交给你了，多从他身上挖几块钱。”“下周见。”索尼娅目送保丽迈着笔直的猫步离开，高挂后脑的马尾辫摇曳，拍打在赤裸的肩上。

索尼娅端着几瓶可乐和啤酒，走到了健壮男人的牌桌边，朝他礼貌一笑："晚上好，先生。"

身旁沉闷的光头先叫了一杯啤酒，甩给了索尼娅一枚五块的筹码。健壮男人出现前，他是这个桌上的霸主。

"加到八十。"沉脸男甩出两个筹码。

健壮男人爽快地回句："跟。"把一座筹码叠成四小摞，推到发牌人的面前。

他朝索尼娅扬起嘴角。

"一瓶可乐，谢谢。"并掏出一枚五块的筹码。

桌子上有两个金发男人，显然是游客，老婆去购物，他们便换了两百块钱来试试运气。中年的秃头男人，小心守着手上的三摞筹码，还有一个留胡子老头，眼神锐利，试图寻找机会。

今晚健壮男子收获尚可：两位游客抱着头离开桌子，他们分别贡献了两百块钱；中年秃头屹立不倒；老头子最后识趣地离开；沉闷男的损失最大，他中间一度占了上风，最后一口气输了回去。

临近下班时，德普发来简讯："我今天回去比较早，想在家尝试下下厨，你如果早回来，顺带尝尝呗。"

完成交班后，在电梯里，金吉儿传来简讯："第一步进行得很顺利，祝贺我们！"

索尼娅关上屏幕，从赌场的侧门离开，健壮男人出现在了马路旁，朝她招手。

“哦，是您。”

“嘿！”

“今晚赢得不错，祝贺您。”

“运气罢了。都托你的福，转移了桌上其他人的注意力。”

“怎么会。”

“要不要去聊会儿天？”健壮男蹩脚地扭着身子，拍拍他身后的车门。

想起保丽的话，索尼娅扑哧笑了出来。

“怎么了？”

“没事儿，实际上……”索尼娅本想告诉他，自己要去见表弟，但她思考了下回答，“其实，一会儿是可以的，但是……”

“但是什么？”健壮男满脸春光。

“我订个地方，你不介意吧？”

“完全没关系，放心，我不是说闲话的男人。”

上车后，她给德普回了一条短信：“期待，不过我要晚一些回家，给我留一些吃的！”

健壮男人叫文森，曾做过七年健身教练，后来发展成半职业牌手，平日还琢磨一些股票。他开着一辆娘气的莲花牌跑车，浅蓝色，驾驶座刚好放得下他高大的身子。

“9999”里总是雾气弥漫。蓝光灯下，有四五秒，陌生人可以看见感兴趣的面孔，之后，便彼此消散。

兔女郎索尼娅领着文森找到一个角落里的高桌。

“我们穿得可真和这儿格格不入。”

“我还好吧，你倒是显得格格不入。”索尼娅打量着身着休闲衬衫的文森。

“这地方很有趣。”

“其实我才第二次来，这儿很适合私密交谈，又不会让人觉得寂寞，不是吗？”

文森讲起他如何成为一名健身教练，第一次赢得小的锦标赛，他说在赌场做到令人讨厌是战术的一部分。索尼娅眯着眼睛，喝了一杯又一杯“深蓝接触”。她盯着文森的棱角分明的下巴、时而扬起的眉毛、休闲衬衫下突起的胸肌。

“你觉得怎样？”

“嗯。”她的嗓音慵懒。

“说说你的故事吧。”

“嗯。”

“好，你是怎么来到这个城市的？”

“嗯。”

“抱歉，我有点走神。”她游离的意识回到谈话上。

“没关系。”文森下颌的肌肉挤出一个标志性的笑容。

“我是从地球上来到这里的。”

“哦，地球，我也想去地球看看，可是它离得太远了，要坐四年的飞船，难以想象以前的人花了一百年，才飞到这。你们在飞船上看到过宇宙吧，我只乘坐气球到达过近大气的地方。路上的景色如何？”

是啊，地球离这儿真遥远。

“刚启航，路过月球的时候，所有人都在欢呼，后来很长的时间里，只能看见黑色和发光的点。经过这个星系边缘的行星，人们又开始欢呼，之后过了一年，我们终于看见了另外一颗行星，一连三天，都能看见它的表面，之后过了三个月，就落地了。”

地球上的人们，花了上万年观测月球的影子。

“难以想象，当人们处在一只孤独的小船上，人生在那里结束了，会怎样？”

“有的人的确在飞船上去世了。不过里面修得实在太休闲了，就像地球上的地方，根本感觉不到是在太空上。”

“那很方便，不是么？”

“是啊。”

“也许我老的时候，该回到地球上，第二太阳的寿命是有限的，你听说过吧？”

“嗯。”

“你还打算回去么？”

“我可付不起回程的船票。”索尼娅冷笑。

屋子的另一端响起歌声，空灵的电子鼓，也在为人群的言语伴奏。

司机卖掉卡车
永远迷失在沙漠中

公路的尽头
四季如春

日落
女孩们开着敞篷车
驶过椰子大道

昨夜的可乐
洒在白沙滩的躺椅

剩下的故事
明天上演

女人停止了歌唱，戴着高帽的黑人男子开始弹钢琴，重复着三个和声。女人发出尖叫，敲鼓的男人跟在后面。

在人群的欢呼声变得很大的时候，他们离开了“9999”，索尼娅有些不舍。

文森的小跑车开到了闹市后的一个小巷。他们下了车，进入巷子旁边的一家酒店。酒店的前台很小，旁边就是电梯，走廊一样狭小，房间是一个正方形，被东方风格的地毯和闪亮的灯饰装点着。

索尼娅脱光衣服趴在床上，等着男人在浴室里冲洗自己。他挺着腰板出现在卧室里，索尼娅转过头，看见他蹩脚的姿势，笑了出来。

文森健壮的胸脯压着索尼娅，在她耳边说："老实说，我不常做这种事情。"

他太用力，压得索尼娅喘不上气。她恍悟，女人其实是一种马，跨越星河，也无法改变被男人骑着的命运。维奇和保丽是两匹漂亮的小马，自己是一只普通的小马，被主人用力拍打着，还发出陶醉的叫声。

六分钟的水乳交融，分开后，二人平躺在床上。

"我们过了做这种事的年纪，不是么？"文森双手扣在脑后，双脚伸开。

"偶尔做做也不错。"索尼娅对着天花板说。

"我觉得你是个善良的人，听我唠叨了这么久。"

来到这个星球后，索尼娅比以前爱说话了。在地球上，与她对话最多的是玛丽亚。对于一个成年女人来说，这是否很丢脸？但恰恰是在与陌生男人交欢后，她想起了与母亲有关的事情。

"我是下层社会的人，我需要偶尔做这样的事情缓解自卑感。"她冷笑道。

“我的天，索尼娅。”文森笑着抚摸着她的额头。

“别介意我的啰唆。老实说，我真该谢谢你。我有钱，不过只是些小钱，和那些真正的上层人物比又算个啥。我刚发财的时候，天天和一些即刻空间上关注者上万的女孩做爱。说实话，她们和妓女没什么区别。我在高级酒店开房，给她们买包，还吹嘘自己的炒股经验。现在想想真是可笑。你让我重新找回了与人正常交往的自信。”

“难道你现在不是在和我吹嘘？”她笑道。

“是啊，抱歉，我真啰唆，不是么？”

“没有，我愿意听。不过我要走了，我的表弟还在家等我。”

“那好吧，没关系，喝完一杯咖啡再走吧。”文森站起来，走到了速溶咖啡机旁。

“谢谢，我喝半杯就行。”

索尼娅十九岁的时候，父母大吵了一架，玛丽亚坐在椅子上咒骂，哭泣，父亲实在无法忍受，便说：“你知道吗，我本来有很多机会，我和许多比你漂亮的女人做过，要知道，玩弄一个女人没什么不容易的。”

多年后，索尼娅才明白，父亲为在玛丽亚面前维护自尊，说了大话。玩弄一个女人很难，除非你的嘴很甜，口袋里钞票很多。而潜意识中，她总觉得自己同相貌相似的母亲，是容易被玩弄的女人。

二十岁那年，她趴在一张桌子上，与一个长着雀斑的高中同学体验了第一次性关系，喘息了五六分钟后，他们并未产生什么灵魂的羁绊。男孩口袋里没钱请索尼娅吃一顿像样的食物，便带她来到一家小唱片店。

架子上摆满了各式碟盒，中间的一个黑色的光盘转动着，连接着布满按钮的黑色仪器。

“这是什么？”索尼娅问。

“这是仓库音乐，以前的人在废弃的厂房里播放它，就有了这个名字。”

“废弃工厂，有意思。”

“它已经存在了一百多年。古老的艺术，永远只有少数人去欣赏它，是不是很棒？”男孩腼腆地看着她。

她喝着文森泡的咖啡，看着他把上身套进休闲衬衫。清醒后，她无法直面这个男人。他对“9999”里的音乐毫无触动，只想拉着她讲自己的琐事。

文森从钱包里取出四张一百块钱。

“你真懂得女人的需求，又会伤害她们的自尊来抬举自己。”索尼娅并未接过那几张钞票。

“但是我坚持要这么做，这是你应得的，那些送给名媛的包反而不值当，你排解了我的寂寞。在这个星球上，人们应该彼此关怀，并付出同等的回报。”

“如果在联邦北部州，我会因为卖淫被逮捕。”

文森露出白牙大笑：“这里是 D4573。”说着把钱甩在床上。

“如果你愿意，我们兴许还能见面。”

“谢谢你。”

“回见！”文森朝她一挥手，合上门。

索尼娅喝完了杯底的咖啡。

玛丽亚在遇到父亲前，曾和一位男士有过一段情。玛丽亚没有写日记的习惯，如今，她和那个男人，都已进入了坟墓。

杯里的速溶咖啡喝得一滴不剩。手机响了，她接起电话，里边传来金吉儿飘忽的声音。

“宝贝儿，在做什么？”

“快乐的事情。”

“太好了，和你分享一个消息，我们的计划进行得很顺利，这周末有一个活动，你应该让德普邀请你参加。”

“我和他提一下。”

“对了，你知道吗，阔大少的前任女友克洛伊，最近攀上了一个科技公司老总，在帮他推销什么人脑植入芯片，说是可以加强‘认知、记忆和分析能力’，她在电视上承认自己也植入了芯片。你敢相信那个蠢婊子一脸自然地笑，对着观众说她怎么变聪明了吗？”话筒传来金吉儿清脆的笑声。

“科技使生活更美好，只要账户里有够多的钱。”索尼娅总结道。

“其实她们之中很多人都偷偷植入了芯片，不过公开场合绝不承认罢了。这下小报可以对克洛伊的智商大作文章了。”

“想必冰雪聪明。”

“好了甜心，我不打扰你了，有消息了记得打过来，祝安。”

“晚安。”索尼娅挂了电话。

晚上一点多，客厅的灯黑着，德普躺在沙发上，巨大屏幕上映着女演员的台词。

“回来了？”他的心情不错，身上没有酒气。

“稍微出去了一下。”

“我烤了一盘龙虾饺子，就在桌上。热了吃吧。”

“一上来就做这么复杂的菜？”

“有个客户是开餐厅的，他给了我一本菜谱。”

索尼娅抓起一个凉了的饺子，咬开皮儿，奶油汁流到舌头上，龙虾肉上有一股淡淡的柠檬味。

“真不错。”

屏幕上的女演员躺在一张雪白的大床上，五彩缤纷的绸缎从天而降，她却哭了。

这部电影，两百多年间翻拍了数次，每个女主演都和故事的女主角一样，大红大紫，和各种名流传出绯闻。

“老片子，我上次看还是在地球上呢。”说着，她坐在沙发上，姐弟一起观看至结尾。

“姐，你看，活在那个年代的人，就已经玩得那么开心了。”影片从头至尾，穿插了三场盛大的派对，其间有数不清的美女，彩灯，和泳池边的仆人。

“你是说那个年代的有钱人么？”

德普感叹：“这都看命了，是吧？”

“你记不记得我妈说过，毕肖普家族，曾是贵族？”索尼娅说。

“哦，好像是有这么回事儿。”

“你相信么？”

“真是那样，我们的老祖宗更适合种地，毕竟继承他血统的人，无一例外在给人打工。”

他们不约而同对视，大笑，拥抱了彼此。

“事实上，那个年代经历了很多战乱，国家经历革命，贵族失去了爵位，四处流亡，慢慢就变成了普通人。”索尼娅解释道。

“你愿意回到那个年代么？”德普问。

“才不呢，那个时候的衣服都难穿，音乐很刺耳，不过有仆人了，每天有人使唤，也挺好。”

“是啊。”

“对了，我听说这个周末有贵宾厅的活动？”

“对啊，怎么了？”

“你有办法让我被指派么？”

“我试试吧，上次他们也见过你了，应该可以的。”

“太好了，我最近要出去旅游，想攒笔钱。”

“去哪里？”

索尼娅想了下：“我打算骑着摩托去附近转转，没有目的地。”

“这样啊，你知道乐园市么？听说那里有世界上最好玩儿的派对。”

“听说过，可惜那不是所有人都能去的吧。”

“是啊，也许只是个噱头吧，我的一个朋友告诉我，那里的人很奇怪。其实，你应该去看看大海的，我的客人们新年会去一个海岛度假，世界上最前卫的豪华酒店就在那个岛上。”世界的中心不再是地球，而是宇宙中短短的距离外的另一个星球。这里的白天是淡蓝色的，傍晚是粉色的，土地是红色的，有两米高的飞行动物，无尽的矿山和新的人类，自由和平等的口号，金融体系和个人所有权。

索尼娅回到房间，戴上耳机，关上灯，睁开眼睛：月光下高楼林立，一个旧的仓库里布满了人，他们独自狂欢，彼此不交谈，聆听工业呐喊，电路回流，台上的人影拧开了一个旋钮，她被拉入一个白色的世界，渐渐有了沙滩，海水，太阳从另一边落下来，天空变成粉色，一辆红色的跑车等候着，她驶过棕榈大道，夜空下的都市，亮着灯，空无他人。

两小时后，她做了一个梦：

索尼娅从布莱克·威尔逊离职的那一天，每一个员工都收到了威尔逊先生亲自颁发的表彰信和奖金。其他人走后，空荡的工厂只剩威尔逊和索尼娅二人，威尔逊从兜里掏出一张船票，递给了索尼娅。仓库乐园的邮轮即将开往粉色天空的海岛，一生仅有一次机会前往那里。没想到威尔逊的女儿生病了,去不了,他便把船票送给了索尼娅。

船计划在周日上午启航，周六晚上，索尼娅回到了与父母居住的老房子，进到家门，她本要将多年积攒的对玛丽亚的怨气宣泄出来，潇洒而去。谁知，玛丽亚和父亲拥抱了她，还端出一座雪白的蛋糕。他们告诉索尼娅，她是一个优秀的女儿和员工，索尼娅告诉妈妈，她要上床睡觉了，玛丽亚说:“妈妈能陪你的时间很少，你就再和我玩一会儿吧。”说着又送给她手工做的围巾。她们不知不觉聊到深夜。待到第二天索尼娅起床，已过了出发的时间，她哭着跑到港口，跳入大海。她游得很快。玛丽亚和父亲站在岸边哭喊着:“我的宝贝儿，你要去哪里？”她流着眼泪往前游，没有回头，一直游到太阳落山，邮轮的影子出现在夕阳下，可她知道，自己永远也追不上了。

她睁开眼，泪水浸湿了枕头，恍悟：此刻她就活在粉色的天空下，只是父母永远也追不上她了。

照片全留在了地球，她有些想不起来父亲的脸，尽管在梦里仍然清晰。盯着洗手间镜子里的自己，索尼娅回想起不少人说过，自己和玛丽亚长得很像。

她又躺到了下午，起来后在厨房里做了一碗芦荟面，取出一瓶气泡酒，在阳台坐到日落。

金吉儿打来电话：

“宝贝儿，万事只欠东风。”

“今天的风很暖和。”索尼娅右肩膀夹着手机，点了一根烟。

“如果明天阔大少不出席，我们只能等下一次。不过，我有办法让他明天出现。”

“阔大少有个司机，胳膊足有我小腿粗，如果明天他出现了我该怎么办？”

“放心，他的车上有女人，就是另一回事了。”

“好吧。你知道么，我妈曾说过，我们祖上是地球上的贵族。”

金吉儿娇声说道：“这解释了你的容貌，不是么？”

“老实说，我真的很好看么？”

“你很自然，这里的太多人整了容，千篇一律。你的嘴唇和下巴很舒服。有时候你的眼睛是暗淡的，但看到一些事情，它们就会放光。”

“谢谢你。”

晚上七点，索尼娅第二次来到自由岛赌场的白银大厅，沃兹经理亦在场，身着淡红色的西服，朝她点点头。来回走动的姑娘身码主要在S号，大腿和小腿一样细，嘴唇丰厚，颧骨到额头棱角分明。D先生和来往的人握手，一直没露出墨镜后的眼睛。索尼娅保持站姿，贴着墙角。迎面走来弯着腰的老人：“请问，洗手间在哪里？”

“我带您去吧。”她牵起老人满是皱纹的手。

“谢谢，姑娘。”他的食指戴着一枚褪色的金色戒指，属于某个古老的秘密社团。

索尼娅感觉无事可做，这里的人手绰绰有余，更多讲的是个排场，大大小小的探头布满房间的暗角，在某个房间里，黑西服的人不间断盯着大厅的动向。

金吉儿告诉她，梅森的劳斯莱斯只出没在高档场所，譬如自由岛戒备森严的白银厅。她并未透露具体的计划。“记得戴好手套，里面我们无法联系，完全看你能否把握机会。”金吉儿交给索尼娅一只兔女郎手套，它由感应纤维织成，能记忆接触过的指纹和温度。

索尼娅忍着倦意，赌场不允许她们在工作场合携带手机，也不让打哈欠。她习惯了在空调房里光着腿走路，而长时间站立不动，双脚还是会发酸。

又过了一小时，梅森披着鲜红的大衣出现在金黄色的地毯上，左手搂着黄卷毛的模特。模特身穿白色的裙子，脚踏一双自然风的棕色长靴，曲线从她的脚踝延伸到小腿。两周前的无能俱乐部，卷毛模特还跪在地上咒骂梅森的另一位情人，如今她的小蛮腰被梅森搂着，一脸淡漠。

索尼娅朝他们走去。就像两百年间翻拍数次的那部电影，梅森是男主角，载着上城的掌上明珠、头条公主在小费一百块的马克西姆餐厅吃了晚饭，驾着他的劳斯莱斯，摇摇晃晃，来到自由岛赌场的白银大厅，这里一半的人是梅森的好哥们。女主角睁大眼睛，指着一位丽人，要求她参加八千块钱的禅学课程。一个摄影师过来，她马上恢复了冷酷的表情，左手柔柔地叉在腰间，右手轻抚着梅森的肩颈。

正好梅森打发了一个他懒得搭理的家伙，索尼娅走上前："您好，需要存放外套么？"

"拜托了。"梅森正要脱外套，索尼娅握住了他的手，面带专业笑容。

梅森松开她的手，递过外套，有些纳闷，但很快就被模特拉到了一桌朋友旁边。

索尼娅来到贵宾厅外的吸烟区，走进洗手间，取出一只口红，抹了抹嘴唇。一个陌生人走进来，取走了她放在洗手台上的白手套。

两小时后，泊车仔从车库里把车开出来，吹着口哨，右手换上那只手套，拇指在控制面板上按压了一下，把一个闪存盘插入底下的接口。

梅森搂着模特走出自由岛的正门，镶着金冠的劳斯莱斯正好出现。

梅森从口袋里掏出一张五十块钱。

"祝您好运。"小伙子朝梅森行了个礼。

"黄蜂号"慢悠悠滑行着，它没按以往的路线回家，而是朝北走了三条街。一对黄皮肤的夫妇在路边烤煎饼，一个孩子对着墙壁射球。两面的墙布满了涂鸦，漂亮的女人张开双手，闭上眼，让一束光射进她的心脏；街角，五个黑衣的小人在参加一场葬礼。

有个小伙子坐在路边休息，身旁停着一辆长翅膀的银色摩托车。

索尼娅轻呼:“哈克·贝利！”

他的卷发遮住了一半眼睛，挤出一个腼腆的笑，健壮的小腿露在外面，运动鞋上全是尘土。哈克·贝利是个冒险家，专门在红土大陆上最危险的地方探险，他的视频在即刻空间上有不少播放量。

“你刚从北部回来？”

“路上发生太多事情了，我们被异教徒开枪追赶。在矿山的时候,有一个兄弟拍到了不该拍的东西,被无人机打断了腿……”

索尼娅拿出四张百元钞票:“请收下，拿去修理你的摩托！”

次日傍晚，索尼娅坐在公寓的阳台上。楼顶的泳池空荡荡，一辆飞艇驶过了“性欲都市”的广告牌，被斜阳染上了红色。简讯打断了手机里的音乐，屏幕上显示金吉儿发来的笑脸，让她前往西郊的一处空地。

西山被远处的云朵遮住，高速路上的车时速在八十公里左右，即使机器能够自动驾驶，人仍然更愿意享受自驾的乐趣。

大雁成群离开城市，索尼娅回头看着夕阳洒过的楼群，她觉得必须前往某个地方，人只有在孤独的路上，才不会体验大都市的寂寞。

金吉儿的幻影轿车出现在身后，她一身黑色，摘下帽子，飘出金发。

“怎样？”

“梅森的车里植入了程序，昨晚他载着小妞儿去开房，车被设置故障，在一个偏僻的路口停下。他打电话给修车的，这时木马程序直接把电话转给我们的人。我们的三个‘工作人员’到了之后，梅森放心地把车交给了他们。不知道他第二天有没有打给真正的车行，或许他的酒还没醒。这会儿他的劳斯莱斯已经上货船了吧。”

“我妈要是知道我跑到另一个星球，还在为黑手党做事，会从棺材里跳出来。”

金吉儿望着天空：“她会在天上注视着你，她会理解你的快乐和忧伤。”

索尼娅朝向金吉儿注视的方向，没有词语能够完美地描述此刻的天空。

“报酬我会找合适的机会给你。”

“我只是帮你做了两件小事儿，用得着么？”

“这是重中之重，他们不会想到，车是在赌场里面动的手脚。他们或许会调查泊车仔，监控里显示他甚至没有接触到梅森的手。再说了，他是个小卒，他只知道戴上手套，插入接口，就可以得到一千块钱。即使他们调查赌场里的监控，也将一无所获，当晚很多人都和他接触过。”

“好吧。”

“接下来你有什么打算？你的人生才过了一半。”

地球上很多人活到了一百岁，从他们六十岁退休到死，度过虚无的四十年。有些人靠着医疗技术，延长了他们掌握权力和财富的时间。某个互联网巨头，九十四岁，刚和第七任妻子结了婚，没两个月咽了气，七家子人为遗产打得不可开交。

“我想保持现在的模样。”

金吉儿：“活很久未必是好事，万一外星人的飞船五十年后来到这个地方，把我们抢个精光，人类都成了他们的奴隶。”

索尼娅：“所以最好别生小孩，免得他们受这种苦。”

她们都笑了。

“另外一件是，”金吉儿从袖子里取出一个信封，“朋友间的礼物。”她递给索尼娅。信的开口被棕榈树的图案封住。

“那天晚上你从无能俱乐部走出来，我就跟在你后面，跟了好几条街，有三个孩子围着一团篝火，我看着你在那儿徘徊了一会儿。

“回过神，你已经不见了，我过马路去找你，孩子们的收音机正好放着一首歌。”

“无需语言……无需交流……”索尼娅一生中第一次，在别人的注视下歌唱。

“幻影号”的两扇后门同时打开，金吉儿笑道：

“欢迎来到乐园市。”

2020/1/18
修改于波士顿

月见都市

天上的月亮，像是一幅虚拟的全息图像，又格外真实，引得人们去探求它的存在。

克洛伊的卧室是一个三米高的立方体。月色从落地窗进入她的房间，她如往常一般坐在书桌前画画，月光落在白纸上。

她用马克笔勾勒出女人的眼睫毛，这是一幅无题的作品，内容是一只凝视的眼睛。

在另一张纸上，克洛伊画出了这个女人的背影，她在望着什么?

女人站在一栋高楼的顶端，前面是一片深不可测的都市，群楼之中，千万个电子管在黑夜下闪耀，却无法照亮地上的街道。

完成了这幅草稿，克洛伊抬起头——天上没有一颗星星。她住在郊区，没有高楼，玻璃窗上的天空显得纯净，天上的月亮，像是一幅虚拟的全息图像，又格外真实，引得人们去探求它的存在。

克洛伊的衣柜里挂着各种式样的衣服，在有些人眼里它们只属于轻浮的女孩，不过那些衣服不外乎黑白两种颜色。她挑了一条白色牛仔短裤和一件背心，看着镜子中的自己：

刘海遮住了额头的一半，黑色的眼珠似乎不擅长交流，鼻梁和下巴呈现锋芒，是某种反抗的宣告。她的皮肤或许天生是白的，只是在某个阳光明媚的海岛晒黑了，那儿离这个只有黑夜的地方，无比遥远。

她对着镜子涂了两道黑眼线，和一道黑口红，挑了一双白得发亮的长靴，走出了家门。

街道两侧错落着两三层高的公寓，每一户都有一扇落地窗。在这个月亮很美的晚上，所有的窗帘都拉上了。

克洛伊走到了车站，刺眼的白光照亮了整个通道，她从检票口翻了进去。

尽管站台空无一人，电梯还是照常运行，广播里温柔的女声，在提醒乘客下一班列车的到来。

她在站台上站了两分钟，列车与轨道发出摩擦声，大约过了十秒，银色的车厢静在原地，伴随蒸汽声，车门敞开了。

同样刺眼的白光占据了空荡的车厢，她的对面坐着一个男人，他的眼睛藏在帽衫的帽子里，只露出黑黑的鼻梁和下巴。

这辆车从很远的地方开来，终点站在城市的中心。男人看上去像是每辆车上都会遇见的那一类人：没有目的地，在始发站与终点站之间往返。

列车又出发了。

克洛伊感觉到了某种视线。

男人的眼睛好像在窥视自己。过了几分钟，列车停在了下一站，车门开启，关闭，车厢依旧只有他们两人。男人的身子靠在车座上，眼睛始终藏在帽子里。

过了一会儿，她觉得自己多疑了，便反过来注视着那个男人，他的两只鞋子落在地上，那是属于城市阴沟的颜色，常年徘徊在桥洞与后街的印记。他在行走中度过了大半生，即使遇上一把普通的椅子，也要充分享受，四肢放松，靠在坚硬的车座上。

又过了一会儿，她觉得隐藏在帽子下的脸也和她一样在审视着对方——为回避这股对视的魔力，克洛伊戴上了耳机。

电子鼓轻轻敲打她的耳膜，慵懒的爵士和声使她闭上眼睛，铁轨外的风声却格外清晰。

下一首舞曲的旋律又变得诡异，在诱惑人跳舞，不停说着："宝贝儿，为了爱搭上便车，宝贝儿，为了爱搭上便车。"

克洛伊睁开眼睛，那股鬼祟的目光在注视她，这次她颇为肯定。

为了验证自己的想法，她缓缓敞开交叉的双腿，可男人不为所动，她便将大腿敞得更开。

忽然间，霓虹灯聚焦在车厢里：酒店的红色招牌、黄色的香烟广告牌与路灯交错，一阵轰鸣，四周即刻暗了下来，列车进入了地道。

列车的震响遮住了克洛伊的笑声，她无法正视自己，为了好奇心，竟去挑逗那个男人。

车厢内的灯又恢复了运作，照亮每个一尘不染的角落。男人的眼睛仍然藏在帽子里，插在兜里的手抖动了下。

温柔的女声提醒乘客：这一站是北角，请下车的乘客做好准备，即将到达的站点是“市中心角”。

列车停下了，陈旧的白墙上依稀写着“北角”，空无一人的站台在电灯下略显诡异。

列车继续开往市中心。

克洛伊的靴子随着耳机里的鼓点，敲打着地板。

手机里传来了一条彩信，照片里放着一块雪白的蛋糕和镶嵌着红色花纹的茶杯。

凌晨后的蛋糕太美味了，却又让我感到罪恶。（笑脸）

——瓦妮莎

克洛伊扫了一眼，便关上了屏幕。

列车到达了终点，伴随着轻盈的旋律，人工的女声重复着说道：“您已到达终点站‘市中心角’，感谢您乘坐本次列车，祝您拥有美好的一天。”

克洛伊关掉了音乐，临下车前，她回头看了一眼帽衫男人。

男人摘下了帽子，嗓音嘶哑道：“一路顺风，姑娘。”

那是一双小眼睛，眼神中已感觉不到失望和愤怒，也看不见一点善意和希望，仅剩下单纯的凝视。

“也祝您路途愉快。”陡然发生的对话，让克洛伊的语气有些生硬。

男人低下头，缓步走下列车，从车站的一个出口离去。

克洛伊则朝着地下通道的另一方向走去，通道两侧挂满了广告牌，其中一幅里，嘴唇丰满的女人在海岛上沐浴阳光，手里拿着一瓶椰子汁，陶醉地闭上眼睛。

克洛伊心里默念道：大海在某个缥缈的地方，而海的饮料在工厂里被集装成箱，遍布城市的自动贩卖机里。

即将离开地下通道时，她才意识到，男人令人不安的注视源头：他习惯于在黑夜中行走，目睹了不净的事物，漫长的独处中，失去了表达能力，只剩下双眼传达出无声的凝视。

他带着双眼所见，逐渐消逝，最后去了哪里？

走出站台，来到空寂的十字路口，环绕的楼宇遮住了天空，高处的灯光监视着街上的行人。

克洛伊的手机响了，名为瓦妮莎的女人传来了一张照片，她在某个酒店的顶层，从薄纱帘外俯视街道的夜景。

“你在哪儿呢？我刚泡了一个热水澡。”

克洛伊回复简短二字：“街上。”

她朝着一条窄巷子走去，街道两侧的灯都灭了，只有墙上的广告牌亮着光，粉色的字体写着：粉红沙滩 3F。

那是一座袖珍沙滩，里面有温暖的海水和按摩服务。克洛伊并不打算在那里度过美好时光，那会消磨太多时间，以至让人忘记它的存在。她朝着街的下一个拐角走去。

地下传来了一阵急促的电子旋律，不起眼的招牌上，红色的电线穿成了一串字母："轮回酒吧"。

克洛伊本不打算在这条街上逗留，但她无法拒绝音乐的诱惑，便沿着鲜红的地毯走下去，门里又传出一阵慵懒的女声，听不清她在唱着什么。

推开门，眼前是一座红色的吧台，酒柜隐藏在黑暗中，那些怀旧的音乐源自一个小音箱。桌上摆着小巧的电灯，照亮了客人们的身影，和正在擦拭杯子的男调酒师。

"请坐。"男人客气地说。

吧台上只有两个人，沉默的男人坐在右边，手上的杯子里盛着黄色琼浆和冰球，另一边角落，抽泣的女人趴在酒杯前，她的手遮住了眼睛，面纱遮住了脸。克洛伊才意识到，这间地下酒吧不过一座吧台的大小。

"喝点什么？"男调酒师身着黑坎肩，露出白皙的手，正在摇晃银色容器里的混合物。他双手散发出的气息，和容器里的液体一样冰冷。

"请来一杯芒果汁吧。"克洛伊坐在了两个客人之间的位置。

调酒师的眼神充满善意，但克洛伊仍读出了一丝轻视。

她说道："我不喜欢喝酒。"

调酒师微微冷笑。

她接着说道："它会让人变得愚蠢。"

"我同意您的观点。"调酒师说道，"但是这正是我们所需要的，不是吗？"

说着，他将剥开的芒果放入榨汁机，又从隐藏在黑暗中的酒柜里取出一瓶小的青色液体。

"稍微品尝一点吧。"调酒师说着，将那种液体滴入芒果汁。

"只要一点。"克洛伊回答道。

十五秒钟后，他将那杯液体放在了克洛伊的面前，又从黑暗中举起一个银色的酒杯，笑道："致愚蠢的人生。"

克洛伊轻轻和他碰了杯。

她喝了一口眼前黄色的浆液，除了她喜爱的甜腻感觉，还多了一点苦味。

"为什么会多了苦味？"她问道。

"苦的东西让甜更美好。"

"我喜欢纯甜的东西。"说着，她又喝了一小口，芒果汁里的苦浆，顺着喉咙流进体内。

"喜欢上了么？"

"没有。"

"小姐，我不同意你说的话。"

坐在右边的男人将杯中的浆液饮尽，他的脸没有转过来。

灯光下，他的袖子里露出一只粗壮的黑手，握着透明的空杯子。

“喝酒使我保持清醒，构思出新的旋律。”

“您是作曲家么？”克洛伊问道。

“我是爵士音乐家。”

“清醒的人怎么做出真正的音乐？”克洛伊瞥着男人，他的侧脸英俊，眼神倔强。

“你是位年轻的小姐。”他冷酷地说。

这时调酒师又调制了一杯橘色浆液，摆放在男人面前。

男人抓起杯子，往喉咙里灌了一口，说道：“只有清醒的人，才能看清世界。”

克洛伊有些不快，回嘴道：“你又如何知道自己是清醒的？”

爵士家淡笑道：“我来自战火纷飞的地方，一个你们这些孩子无法想象的地狱。我一路走过来，发现只有清醒的人活了下来，剩下的人迷失在空想与许愿中，慢慢走向死亡。”

“什么是清醒的人？”克洛伊举起杯子，又抿了一口酒。

爵士家果断答道：“摆脱一切精神奴役的人，只有靠一项事业能够实现。”

说着，他拍拍椅子边的黑包。

这勾起了克洛伊的兴致：“里面是什么？”

“合成器，”男人笑道，“尽管许多人觉得只有吹号和弹琴才是真正的爵士。我是一名电子爵士家。”说着他打开包的拉链，指着里面的家伙说：“它继承了所有的爵士乐器的灵魂。”

克洛伊注视着那个黑色仪器的轮廓，说道：“机器是拥有灵魂的。”

“是的。”男人附和。

一直躲在角落里、遮住面庞的女人开口了，她始终只露出一条纤细的棕色胳膊，和乌黑的发髻。

“祝贺你逃离了那些鬼地方，但是有些人没有那么幸运。”她带着哭腔低语道。

男人喝了一口杯中物，平静地回应：“音乐使我存活了下来。”

女人的左手一直攥着盛有银色液体的小杯子，抿了一口，幽泣道：“有些人即使逃离了地狱，也因为当时的失去而永远无法解脱，这就是一种诅咒，烙印在心脏上。”说完，她又喝了一口银色的液体。

调酒师始终望着他们，始终没有张口。

克洛伊窥视着女人：她手指的缝隙间露出的弯鼻梁——她是个美人，却因羞愧无法展现自己的脸。

众人无话。片刻后，爵士家娓娓道来：“当时白鬼持续轰炸了三天，我和我的朋友吉米躲在一家汽车旅馆的废墟里。有趣的是，那座旅馆的二楼被炸得稀巴烂，一楼的一个角落的房间却健在，它被遮挡在几面倒塌的墙里。我和吉米有幸找到了那里，躲在满是木头渣子的床上，瑟瑟发抖了两天。后来我们的水喝完了，我知道旁边有一家被炸烂的超市，到了晚上，我决定去碰碰运气。吉米逃跑前带了一本书，我将它当作了护身符，装在了衬衣里。”

他接着说道：“翻出那座旅馆后，我只敢在草地上爬。忽然我感觉到了一束光，于是头也不回地拼命爬向一块石头。我躲在石头后面，看见马路上压着一辆坦克，一个卫兵举着手电朝旅馆走去，另一个朝前面走去。

“我只能继续爬，我在草地上爬了很久，直到我觉得自己可能要累死了，或者已经倒在自己的血泊中。我趴在地上睡着了，醒来时，胸口被那本书硌得生疼。等我站起来回头看，那座旅馆已成了一摊碎石头和木块。”

爵士家平静地说完了每一句话，接着看向吧台对面皮肤白皙的调酒师：“我用了白鬼这个词，请你不要见怪。”

调酒师真诚地望着他：“一点也不，先生。”说着又从黑暗中掏出了那个银色的容器，往喉咙里灌去。

“那本书叫什么，”克洛伊问道。

“《三角洲之歌》，一本不起眼的著作，你不会知道的。说的是我们的祖先在被奴役的土地上，带着他的吉他流浪的故事。”

“我知道它的作者，罗伯特·强森。”克洛伊看着杯中的一片薄荷叶，浮在黄色的湖中央。

爵士家审视着这个女孩：她的细胳膊支撑着下巴，但还不至于说她弱不禁风；她的小脸蛋上隆起的眉骨和嫩脖子上的锁骨，像把锋利又细腻的剪刀；她的眼神不同于那些眼中空无一物的孩子，有人会误以为她对周围的人没兴趣，其实她的眼睛在看自己想到的事物。

“或许我小瞧你了，姑娘。”

“无所谓。”克洛伊道。

“你叫什么名字？”爵士家问道。

“克洛伊。”

“我叫维嘉。”他说道，同时将自己的杯子举到了半空中。

“来碰一杯吧，小姑娘，既然来到了这里，你要学着和成年人交流，也许你觉得我们是一群自说自话的蠢蛋。”

“没有，”克洛伊举起杯子，和他轻碰了下，“我只是不喜欢喝酒而已。”

“每个人都需要某种精神慰藉品，也许你选择了别的方式。”

克洛伊没有回话，她试着又喝了一口芒果鸡尾酒。

调酒师眯着眼朝她笑着：“怎样？”

克洛伊抬头瞥了他一眼：“不得不说，你调得不错，通常这玩意我根本一口喝不下去。”

“多谢您的夸奖，需要再来一杯么？”

“不必了。”

戴面纱的女人张开了口：“您是勇敢的人，请原谅我刚发的牢骚，这样显得好像只有我一个人遭受了不公，有资格博得同情。”

维嘉又豪饮了一口，长吐了口气，轻快地说道：“人生有许多乐趣，比如做音乐，我不能因为遭遇了一些倒霉事儿，就将它们全部抹掉。”

面纱女犹豫了下，答道：“您说得对，我也不应该让痛苦把我的快乐掠夺掉。”

接着她又悲叹道：“我以前也这样想过，可是我仍无法释怀，归根结底，还是因为我是个软弱的人，抛弃了我的丈夫。”

她试图克制住哭腔，往喉咙里灌了一口酒，说出了她的故事：

“当时整片大地都炸了个稀巴烂，接着下了三天大雨，在黑云下，我们走了许久，到处弥漫着腐烂的味道。中间大家都在有序走着，忽然响了几声枪，大家开始不顾周围人跑了起来，我和丈夫一直紧紧抓着对方。等枪声听不见了，雨也逐渐停了，队伍里又少了不少人，可是谁又能顾得上别人？我们走到快天亮的时候，终于来到了码头。码头边上有一艘船，船上的人十分善良，并没有抛下我们先行而去。可是那艘小船能坐的人有限。我们的队伍中有一个男人带着两个孩子，男人始终背着小的那个，大一点的抓着父亲的衣角在跑。剩下的就是领头的男人和我们。”

她控制着语气，接着说道：

“那个父亲带着两个孩子上船后，船已经摇摇晃晃了。最后只能上一个人，我的丈夫和那个领路人决定让我先上去，他们等下艘船。

“我不愿意和他分开，但我又觉得，这是神给我的得救机会，我隐约猜到，下一艘船并不存在。我的丈夫也感觉到了，因此他坚持让我上船。

“告别前，他一直在感谢那个领路人。因为雾很大，一会儿我们就看不见彼此的身影了。”

说完，她不再哭了。

“女士，我会永远铭记你的故事的。”维嘉将酒杯递了过去，克洛伊被夹在二人之间。

女人放下遮挡在眼前的手，举起她的小杯子和维嘉碰了一下。

克洛伊透过面纱，看见她蝴蝶羽翼般翘起的眼角和眉毛。

女人抿着嘴唇微微一笑：“你给了我说出它的勇气。”

他们二人将杯中物饮尽，又是片刻的沉默。

克洛伊站起来对调酒师说道：“我要离开了，感谢你的招待。”

调酒师说：“希望以后还能见到你。”

“或许吧，下次请你不要放这么多的酒精。”

调酒师笑道：“没问题。”

接着克洛伊转向维嘉：“我很喜欢音乐，说不定在哪里听过你的曲子呢。”

维嘉笑道：“我不常谈论自己的作品，但你一定在某些地方听过它。”

“期待以后当面听你演出。”

“有机会的。”

接着她又看向面纱女：

“再见，姐姐。”

“再见小姑娘。”她轻轻招招手。

维嘉追问道：“你要去哪里？”

“游泳。”

此刻，音箱里在循环一个声音：

我们迷失在音乐中
坠入陷阱
没有归途
我们迷失在音乐中

众人都在享受这个瞬间，直到它结束，克洛伊才推门离开。

彩色的广告牌，通向各种袖珍的工业梦境。一座舞厅不起眼的入口，椰子树的灯泡已经坏掉，只剩下乐园几个字母闪着黄光。一场美梦只需要一杯饮料，一首歌和一颗迪斯科球，在这条街上快乐的代价仅是时间，克洛伊没有留意两侧的霓虹灯。她穿过巷子，来到更宽敞的街道，此处高楼林立，街上几乎没有灯光，抬起头，天上的窗户构成了一座迷宫，对于地上的人如星星遥不可及。

路边有一座自动贩卖机，只有唯珍牌椰汁一种饮料，瓶子上贴着和地铁站里一样的广告，丰唇女人在海岛的阳光下陶醉。

她长着一张过于标准的脸，令人怀疑她是真的存在，还是虚拟合成的图像。克洛伊取出一瓶冰凉的椰汁，瓶子表面的雾气在手心上逐渐融化，就像手浸泡在海水里。克洛伊将椰汁灌入喉咙里，立刻感觉到了舒缓，这是不同于鸡尾酒，更加纯粹的甜味，唤起了海岛的芬芳。或许在她记忆里从未有过真正的大海，这不过是源自人工糖精的幻觉。

喝完椰汁她才注意到，自动贩卖机的电灯照亮了旁边建筑的玻璃门，小巧的红色波浪字体写着“唯珍”。抬头望去，一座奶油色的烟囱耸入天空，这栋建筑由两座圆筒构成，之间的楼层像千层蛋糕被夹在中间。

唯珍椰汁的秘方就藏在这里，若她闯入这栋大楼里，今夜会变得同以往截然不同。她望着门口，稍微畅想了那样的可能性。可这不是她要去的地方，在到达那个目的地之前，克洛伊想浸泡在泳池里，那里的天花板是玻璃制成的，她可以浮在水面上，观看月亮。

路的前面是更加高不可攀的高楼，它们的顶层接近月亮下的云，只有其中一座的入口亮着光。克洛伊从旋转门进去，大理石地板干净如一面镜子，映出天花板的白色吊灯和进入者的面孔。门厅两侧均摆着白色的条案，上面是长方形的镜子，边框镶嵌着婉约的花纹，克洛伊看着镜中的自己，在反射之间，好像进入无限的空间。

金色的电梯，通往第三十七层。

迎面是纯白的大理石走廊，这座大厦的主人似乎乐于欣赏自己的身姿，四面的墙壁如镜子般构成了一个万花筒，使里面的人绽放在它的表面。

再穿过一道自动门，里面是更加小巧的白色长廊，地上的小池子里淌着消毒水，跨过这里，需要接受脚的洗礼。

地上放着一双优雅的拖鞋，似乎属于这座水宫的主人。

克洛伊踩过水池后，两侧的白墙变成了真正的镜子，衣柜在前面，被分割成数十个小格子，排布在走廊两侧，不由让克洛伊疑惑主人的用意。她显然乐于毫无保留地欣赏自己的胴体，也有心将此处打造成公共泳池。

一扇柜门朝她打开，里面挂着一件纯黑色的泳衣，尺码为她量身定做，遮住了大腿以上和脖颈之下的部分。克洛伊看着镜子里的自己，那件泳衣恰到好处地勾勒出了她的曲线，她摆弄着头发，想象水帘洞的女主人尽情陶醉于自己的容貌。

长廊的尽头是一间透明的宫殿，泳池里的水流淌到她的脚边，水池的另一头，一个金发女人背对着她，仰望玻璃窗外的夜空。

克洛伊抬起头，月亮清晰地显现在云之间，地上的人看不见这样的景象，高楼遮住了他们的视线。

金发女人转过头，看着克洛伊说：

“欢迎来到我的泳池。”

“我打搅了你么？”

“并没有，请过来吧，今晚的月色很美。”

克洛伊坐在了泳池边的躺椅上。玻璃墙边摆着一排袖珍椰子树，夜幕下，几座大厦的楼顶，未高过它们的树干。

“这样的时光太美好了，美好得让我不知道过了多久，小姑娘。”异常动人的五官，让她的表情无法解读，红艳的嘴唇、苍蓝色的眼睛……每一个部位本身都是美丽惹人怜的，以至于组合在一起的时候，让人分不清究竟是哭还是笑。

“你需要什么吗？”她善意地问道。

“谢谢您，我喝了许多东西了，或许再来一点水吧。”

“哦，抱歉，亲爱的，我这里只有唯珍牌椰汁。”

克洛伊琢磨道：“我在路上喝了一瓶椰汁，或许再来一瓶也没关系。”

女人轻呼：“那种感觉就像被大海拥抱，我爱上这种味道了，不得不将唯珍公司全部股权买下来。”

克洛伊想起了路过的奶油色高塔：“你将唯珍公司买下来了？”

“对呀。”女人风情万种的眼睛望着她。

“你不好奇它们的配方么？”

女人拿起泳池旁的椰汁瓶子，喝了一口，说道：“我并不关心，这世界上的东西总有一些是神秘的，我们永远无法知道所有事物的本质，重要的是我们的感觉。”

克洛伊点点头。

女人朝她一笑，打一声响指，装满了冰凉的唯珍牌椰汁的推车，停在了克洛伊面前。

克洛伊打开了其中一瓶，即使她已喝了很多饮料，维珍椰汁依旧能唤醒饥渴感。

“很奇妙不是么？我感觉到了月亮、天空和大海，一切都映射在这座小玻璃房子里。”女人平躺在水面，胳膊荡起涟漪。

“是啊。”这座城市有千百座空中花园，从此处的天窗望去，它们不过是天上的星屑。

“在我住的地方，那里没有高楼，月亮总是出现在窗户前。”克洛伊坐在泳池边，看着女人浮在水面上。

她说道：“多么美好的事情，不是么？每个人都需要一片自己的净土。”

克洛伊点点头。

女人闭上眼睛，好像在说着梦话，语气却从容如常。

“我喜欢住在空中，我买下了许多摩天楼的顶层，但只喜欢待在这里，时间长了，只有这个地方是真实的。

“只有在这个地方，我才感觉到归属，别的一切所有权，或许只是一张纸，一些虚拟的数据，为了满足一些无聊的虚荣心。”

说着她睁开眼睛，去泳池边拿了一瓶椰汁，朝克洛伊笑道：“或许人生只需要这两样东西。”

克洛伊说道：“我也想生活在天上，但如果地上和空中二选一的话，我也许会回到陆地吧。”

“为什么？”女人不解地望着她。

“这儿很好，但我无法想象一直待在一个地方，从窗户向外能看到街上，而我却无法下去。”

女人笑道：“亲爱的，你或许误会了，这座城市的大楼都是相通的，我可以带着你从这里走到我的另一处住所。这里和地上一样，道路联通了每个地方，不同的是，你处在更高的维度，拥有更广阔的视角。”

“我该去体验下那些地方。”

女人道：“随时欢迎，亲爱的，你我之间很有眼缘，我喜欢你的眼睛，它们拥有与众不同的光芒，就像月亮一样。”

“谢谢。”克洛伊问道，“换作别人，你也会欢迎他们吗？”

女人将无名指点在下巴上，仰天思考着：“老实说，我从来不锁门，如你所见，这座泳池是开放的，我并不阻挡任何人进来；但也无法接受，他人闯入我的领地，即使这仅是个念头，也令我不舒服，这真是矛盾的想法。”

“我觉得这是自然的想法。”

克洛伊说着，跳入了泳池，溅起浪花。

她没入水中，双脚如鲸鱼的尾巴摆动，一口气游到了对面。

她浮出水面，将湿淋淋的头发盘在脑后：“水是温和的。”

女人朝她笑道：“这种感觉就像沙滩边，被阳光晒热的海浪。不是么？”

摇曳的浪花触碰着克洛伊的肌体，她若有所思：

“或许吧，我也不清楚真正的大海什么样，但这里确实让我感觉身在那样的地方。”她犹豫了下，问道：“实际上，这是消毒过的水，对吧？从工厂里净化出来的。”

女人梦幻的瞳孔注视着她：“不是哦，这是真正的海水，从遥远的地方，经过管道流过来。”

“或许是吧。”克洛伊闭上眼睛，钻入了水中。

她们在泳池里游动了几个来回后，金发女人提出去温泉池里。她领着克洛伊回到更衣室，带着她走进一扇隐蔽的门，里面有一条幽静小道，通向一座圆池，四周昏暗，墙壁上有一道透明缝隙。池中有灯，照亮了冒泡的热水，池底有一面圆形的玻璃，夜空被踩在脚底下。

克洛伊将脚伸进了热汤中，不一会儿感觉到汗水从背后渗出。

女人身上围了一条白色的毛巾，看着脚下的世界，说道：“我有时候会盯着这个小窗洞，期待有什么人过来。”

“结果呢？”

“你是第一个来到这里的女人。你觉得地上经过的人，会感觉到天上的眼睛在注视他们么？”

“会的。”

女人叹道：“我很久没有下去了，也许我该听听你的，只是时间长了，我很享受坐在这里拥有一切的感觉。”说着她拿起放在池边的手机，“这就是我的天眼。占有欲实际很无聊，我曾经觉得世界就在指尖的小屏幕里，可是时间长了，不禁怀疑，有些事物的本质仅是一张图像，一些数字，令人扫兴。”

然而很快她又有了些兴致：“也许我该去唯珍大厦瞧瞧。”

克洛伊淡淡一笑：“你或许没有勇气面对某些事物的真相。”

女人睁大眼睛看着她：“小姑娘，你拥有某种魔力，你说的话让我内心荡漾。”

二人沉默片刻。

女人张口道：“但是所有的一切，不管行走在地上，还是坐在小房间里做梦，都很美好，不是么？”

克洛伊点头。

过了一会儿，她的手机发出振动，瓦妮莎又发来一张照片，她的黑靴子踩在透明的走廊上，底下是城市的星火。

“这座城市的天空是连接着的，你看见地上的眼睛了么？我能感受到他们在凝视天空。”

“你怎么了？”女人问道。

“没事儿。”

女人接着说：“也许我该回到泳池继续游泳，月亮太好了，我想无论看多久，都不会厌烦。”

克洛伊未回话，女人并不介意，继续说着：“到头来，我们唯一的归宿，就是一片干净的土地，永远注视着月亮，不是么？”

“是啊。”克洛伊道。

“我该走了。”

“哦，我不介意你多坐一会儿，你要去哪儿？”

“目的地。”

“好吧，亲爱的，如果你觉得无聊了，可以再来这里找我。”

“再见。”克洛伊起身离去。

她朝着城市的南边走去。狭窄的小巷被夹在高塔之间，天上的云流过头顶的缝隙，冰冷的高墙在黑夜下围成一座迷宫，若失去导航，只能通过云的位置辨别方向，稍不留神，便会迷失。

终于她走到了迷宫的尽头，一座红色的尖塔，压过了身后的群楼，面前是一座高架桥，通往一片破败的工业景观。

克洛伊望见了她的目的地，在那片陈旧的仓库中唯一屹立的大厦。它的外表被银色的光芒照耀，犹如一座巨大的堡垒，四座高塔耸入云端，像是接收着某种信号。

瓦妮莎发来了一条信息，这次只有简短一句话：“你来了么？”

克洛伊合上了手机，沿着桥走去，路边的灯光过于刺眼，却在黑夜中也显得无力。

她回头看了一眼红色的尖塔，据说即使在很远的地方，也能看见塔尖的一束红色光芒。

桥下是一条空寂的马路，通往未知的地方。

桥后是一片仓库，各种机械被掩盖在铁幕下，在黑暗中露出端倪。没人能搞清它们的真正构造，它们悄无声息地立起了这座城市。世界犹如一只招财猫，人们只能看见它摇动的爪子，有时顺着某种期待，有时背离人心，无论怎样，人都无法破坏背后的齿轮。

路的尽头是一面铁网，围住了一片野草。其中一处网被剪开了一个小口，人们从那里钻进去，小口进而变成了一个洞。

回头望去，铁网像一道分界线，身后的城市已变得遥远。

草地上立着两座球门，破旧的球网挂在门柱上，那一片草好像常被人踩，已失去生机。

前面有一束光，源自某扇窗户。克洛伊穿过这片草地走到了街上，街边的楼面上涂抹了某些字迹，在黑夜下无法辨认，她并不知道工厂后面还有居住的地方。一面砖墙上画了某些东西，她打开手机电筒。

一个黑皮肤的女人张开手臂，闭上眼，让一束光射入她的心脏。

克洛伊停在了亮灯的窗户前，里面传来了歌声。

所有人生活在一座高塔上，直入云端，除了一个女人，她住在塔的底部，海的深处，她的歌声通过气泡传入了云端。所有的这些，都由合成器上的一些电子信号生成。

她推开房门，有一些年轻人在客厅里，闭着眼睛，慢慢舞动。

他们有些人光着腿，有的人牛仔裤上破了洞，没人注意到克洛伊到来，或者他们注意到了，而没打破当下的宁静。

她从窄小的楼梯走向二楼，找到了声音的来源，戴毛线帽的年轻人坐在他的合成器前，抚摸猫的脊背，扭动上面的旋钮。

这似乎是他的卧室，一对男女坐在他的床上，依靠在一起。

“你好。”戴毛线帽的男孩抬起头，他的眼神质朴，鼻子很高。

克洛伊站在他的面前，聆听海的声音，没有说话。

“我喜欢你的音乐。”

“谢谢，这是我的家，有点乱，抱歉。”

“我不介意。”克洛伊道。

男孩一时找不到话茬，有些羞涩地说：“旁边的屋子有我朋友的画，你如果有兴趣，可以去看看。”

“好呀。”

那间屋子的地上放着一个蓝色的小光球，它旋转着，在墙壁上映出了天上的星河。

四面墙上挂着画，一个胖小伙子双手交叉，得意地扭着舞步。

“怎么样？”他指着一幅画，问克洛伊。画中，一群火柴人扭动在一起，构成了一颗爱心。

克洛伊问他：“你在这群人里面吗？”

胖小伙儿扭着舞步，朝她眨眨眼：“我们所有人都在这里面。”

他们相视一笑。

克洛伊回到男孩的卧室，他正在放一首诡谲的歌，蓄势的鼓点像黑暗中来势汹汹的火车，令人期待，也叫人不安。

那对男女还依偎在床上，克洛伊坐在男孩面前的椅子上，看着他的手指在键盘上弹动。

“介意陪我出去透透气么，让他们两个留在这里吧？”男孩有些羞涩。

“可以啊，要去哪里？”克洛伊道。

“太好了，请跟我来吧。”说着，他切换了一首舒缓的舞曲，慵懒的女人一直重复着一个单词。

他们走下楼，那些年轻人仍陶醉在自己的世界里。

路上，男孩说道：“你似乎很喜欢音乐？”

“我喜欢你的风格。”

“谢谢。”他轻轻笑了。

“我们要去哪里？”

“前面的那片草丛，很近。”

他们来到克洛伊来时经过的地方，男孩指着那座球门说：“这是我们平常踢足球的地方。”

“那真不错，你的其他朋友住在哪里？”

“我们住在一间房子里，有两个家伙刚来到这里，他们就在一楼的沙发落脚，今天我们邀请了镇上的人来聚会，就把一楼腾空了。”

“这座镇上还有许多年轻人？”克洛伊有些惊讶。

“对，我们都住在这个镇上。”男孩腼腆地笑道。

“大家在一起的感觉应该不错。”克洛伊想象道。

“你的家在哪里？”

“我一个人住在北边。”

“那真好。”

男孩犹豫了一下，说道：“我把你带来这里，是想告诉你，我创作那首歌的灵感。”

“说来听听。”

“你看见月亮了么？”

“看见了。”

“我经常坐在这里，想象着远方的大海，那里的景象是什么样的。”

他接着说道：“无论身处何处，都能看见月亮，不是么？”

“是啊。”

“你胳膊上的那朵玫瑰真漂亮。”男孩指着克洛伊的胳膊说。

“啊，谢谢。”

“为什么要文上它？”

“很久以前的事了，也许是为了纪念某个人吧，久而久之，我觉得它就代表了我。”

“我也这么觉得，它黑色的刺，很像你。”

克洛伊朝他露出含蓄的表情。

她看着天上，说道：“我有时候觉得，天的尽头，是永远到不了大海，有时又觉得，它存在我的记忆里。”

男孩说道："如果是那样，证明它一定是存在的。"

"我也这么想。"

他们在草地上呼吸了一会儿新鲜空气。

克洛伊张口道：

"我要走了。"

"你要去哪里？"

"一栋大楼。"

"你介意我一起去吗？"

克洛伊朝他莞尔一笑。

"我必须一个人去。"

"好吧。"男孩有些失落。

"你的朋友还在里面等你呢，快去吧。"说着她迈步而去。

街的尽头是一条平坦的路，铁网锁住了两边的草木。她离目的地不远了。

克洛伊回过头，除了红色尖塔的光芒，城市只剩下轮廓。这里除了自己，感受不到任何人。

那栋大厦的银光指引着她，她走到了大厦前。抬头望去，灰色的墙看不到顶，入口是只能通行一人的金属门，她推了下扶手进去，一道楼梯被夹在两面高墙间，走到头，又朝着反方向的楼梯继续上行。来回了多次，外侧的墙变成了玻璃，克洛伊看着外面的城市，想起了自己出发前在家中随意画下的画作，自己和画中的女人站在同样的位置：画中人从这里前往未知的城市，而她则是穿越了城市，来到这里，回首走过的路。

外面的楼愈加矮小，克洛伊清晰地感觉到：那些楼顶的目光变得无影无踪了，尽管聚光灯将她暴露在玻璃墙下。

她感到腿有些麻了，可楼梯还在重复着。终于经过了一个拐角后，看见了终点。

她走到一座平台上，透明的穹顶之上，屹立着她在远方看见的四座高塔。

抬起头，月亮完美地出现在昂首的方向。

“看来你我之间的想法一致了。”一个女人身披黑色大衣从墙后走了出来。

“这儿的月亮是最美的，不是么？”她朝克洛伊说道。

“我们的想法并不一致。”克洛伊语气冷淡。

“别这么说。”瓦妮莎优雅地捂着嘴唇，咯咯笑道。

“月亮是我们每个人的归宿，不是么？这座大楼存在的意义就是通往那里。”

克洛伊始终背对着她，瓦妮莎便用眼神指着中间一座机械，说道：“你从未好奇过它的用处么？”

沉默了一会儿，克洛伊说道：“你知道我从不关心这些。”

瓦妮莎叹了口气：“我知道的，我之前告诉过你，索性就再说一遍吧。”

“这是月之机器，通往月球的道路，靠这座城市的人也就是你们的梦境发电。”

克洛伊望着天上的月亮：“是又怎样？”

瓦妮莎道：“那里的世界才是真实的，这儿不过是梦境。”

克洛伊未回话。

瓦妮莎柔声道：“月亮映射了你对真实世界的渴望，跟我回到那边，那里有阳光，有家，有一日三餐，有商场、电视……一切美好的事物。”

“我在路上遇到了很多人，他们在旅途中历尽艰辛才来到这里，你要对他们使用同样的骗术么？”

“你知道我说的话是真的。”瓦妮莎有些不耐烦了，“你整天盯着月亮，难道不是因为内心深处的不安？”

克洛伊转头笑道：

“我来到这里，不过因为月儿很美。”

这时，一阵和声响彻了整座城市，所有隐藏在黑暗中的钢铁奏响了一支钢琴曲和阵阵鼓点，为首的女声来自遥远的地方。

她唱道：

风吹过每个清晨

只为卷起她的头发

因为她在意你们中的每一个

她美好的一天

少不了妆容

她从未化过妆

她如你我一样

可她无家可归

她站在那里，为金钱歌唱

“你听见了吗？”克洛伊对瓦妮莎说。

“巫师要开始演奏了。”

此刻在城中央的路口，戴着面具的女人站在她的乐器前，她的两只手上画满了花纹，抚摸着身前的黑色机械，她的背后有一千只手，每只手上连着黑色的电线，通向钢琴、架子鼓、吉他、铃铛……所有拥有灵魂的乐器。

“你要走了么？”瓦妮莎有些不解。

“没错。”

说着，穹顶的玻璃墙开始张开，克洛伊从墙上的消防栓中取出一架滑翔伞。

“再见。”说着，她张开羽翼，朝着城市的中央飞去。

克洛伊的身子在黑夜下渐行渐远，瓦妮莎望着她的背影，悄声说道：“再见。”

2020/3/9

波士顿

棕榈天使

人类将克制欲望视为美德，而欲望只会以其他畸形的方式表现出来。

路的尽头

是日落与海浪

山顶上的丽人

榨取全世界

以美化自己的乳房和屁股

我眼里

只有永不停息的音乐

与她们的面庞

“我在想……”

“怎么了？”

“我们的门没上锁吧？”

“没有。”

“如果这时候，一个醉鬼闯进来，朝我们连开数枪……”

“为什么朝我们开枪？”

趴在我身上的女人问道。我不知道她的真名，在外面，她称自己为祝融。我们躺在雪白的大床上，正对一面镜子。一束阳光穿过窗帘的缝隙，映在祝融的腰间。她的肤色，如秋天山谷里的麦穗。

我对祝融说：“因为他丢了饭碗，没钱了，愤怒，需要发泄。”自大而失意的人，都具备连环枪手的潜质，无从知道他们中哪一个会真正发作。

祝融反驳道：“首先，他需要一把枪，闯过门卫，上电梯，再准确地按下楼层数，来到你的房间，那样的事情，未免也太巧了！”

“是啊，你说得对。”

说这话时，我的视线停在了墙顶的壁画上：月亮闭上了眼睛，围在它身旁的神使们，戴着马面具的人，三只眼睛的猫……各种各样的动物们在举办派对。

“你知道一本叫《了不起的盖茨比》的小说么？”

“不知道呀。”她翘起脚丫，漫不经心。

“盖茨比是个大富豪，他每天在自己的宫殿里开派对，他深爱着金发姑娘黛西，可惜黛西嫁给了另一个大富豪汤姆。而汤姆私底下有个情人，嫁给了修车工。那个女人涂着很浓的面霜和口红，敞着她的大胸脯，每天站在马路边，期待汤姆的蓝色劳斯莱斯到来，赶紧带她离开这尘土飞扬的地方。”

“然后呢？”

“总之，因为一些机缘，黛西和盖茨比被撮合在一起了。盛夏的一天，盖茨比、汤姆和黛西去城里避暑，两个男人为黛西大吵了一架。回来的路上，汤姆和盖茨比换了车开，黛西开着汤姆的车，副驾坐着盖茨比。他们喝了许多酒，情绪颇为激动，惊慌中，黛西在一个路口撞翻了汤姆的情人。

“那个愚蠢的女人，以为那是汤姆开着车来接她，便走去招呼，哪儿想到来的是他的正牌老婆，一脚油门送她上了西天。”

“结果呢？”

“等到汤姆开着盖茨比的车经过事故现场，他的情人已成了横在地上的一摊血肉。当晚，盖茨比一个人在宫殿里游泳时，被闯进来的修车工，一枪打穿了后背。”

“真可怜，那个修车工是谁，为什么要杀死他？”

我无奈一笑，抚摸着她蓬松的黑色秀发。

“修车工是汤姆小三的丈夫，汤姆告诉他，是盖茨比开车撞死了他的娇妻。这个角色太不起眼了，或许你没注意到他。”

“原来如此。”她的无名指尖点着我的左胸，“修车工以为，盖茨比开着豪车撞死了自己老婆，那女人又瞧不起自己，爱和有钱人勾搭。他越想越气，就一枪打死了盖茨比。”

“是这样的，盖茨比的生命被与他毫不相干的可怜虫终结了。”

“黛西很漂亮么？”她清澈灵动的眼睛打量着我，黑眼珠如一滴墨水，坠入纯白的池水中。

“黛西很美，但她做作，我不喜欢。”

“我也不喜欢。”她笑着，用指尖刮着我的皮肤，“她太白了，还顶着一头金发，说起话来飘飘然的。”

我未告诉她黛西是怎样的人，可凭着直觉，她已对此了然于心。所有的情爱故事背后，都有特定规律。

“黑色更好看，不是么？”

“是的。”我看着她嘴角的一缕黑发。

“所以，爱钱的女人给男人惹了不少麻烦。”我抚摸着她的脊背说。

她骑在我身上，面不改色：“那也是你们自找的。”

“再说了，钱能买东西啊，如果不用钱也能得到东西，钱也就没用了。”

她的脑袋贴在我耳边，悄悄说道：“你会送给我漂亮的礼物么？”

我的眼神投向头顶的月亮：“它就很漂亮，送给你吧。”

她回过头，望着天上的众神，它们的母亲月亮安逸地睡着了，它们在周围无论怎么吵闹，月亮始终闭着眼睛，视而不见。

“我要能戴在手上的。”她说。

“其实我无法将它送给你，月亮不属于任何人。”

她亲了一口我的脸颊，有些不解。

我解释道：“如今，没有什么快乐是免费的；但月亮就不一样，人即使一无所有，也能沐浴到月色，不是么？”

“我明白了，那你买一个刻着月亮的手表，送给我吧。”

“好啊。”

真是可爱的女人。

“好蠢啊。”

“怎么了？”

“汤姆和盖茨比那么有钱，还会喜欢黛西那丫头片子。”

“人拥有钱，不就可以得到想要的东西么？”

“有了钱，能看见更多美女才对。”她回答道。

“不。”

“怎么？”

“我说错了。人无法得到他要的，只能得到太阳强加给他的。”

“太阳？”

“对，财富，地位，家庭，处在太阳下的一切。”

“人不都渴望财富与地位么？”祝融不解道。

“是的，人们以为那是独立意志，实际上是一场日光梦、集体幻觉，真正的自由只存在于月亮下。”

“你喜欢我的皮肤么？”她的大腿贴在我的胸口。

“喜欢。”

“这是阳光晒出来的哦，太阳不一定全是坏的。”

“我指的不是太阳本身，而是阳光下的生活，那群人。”

“你是指那些穿着西服，经常上电视的中年人？”

“对。”

她坠入了我的身体。

“我和他们做爱，是为了钱。我对他们没啥兴趣。如果你也像那些人一样有钱，我就永远和你睡在一起。”

我笑道：“月亮下的人，无法得到阳光的财富。”

“所以我不得不和丑男上床啊。”说着，她在我耳边叹了一口气。

“这在你眼中，是不自由吧。”

照射在她背上的阳光，渐变成一道缝隙。或许太阳没入了层云中，一会儿又将出现。

“原来如此。”她恍悟。

“怎么了？”

“我琢磨着，为什么汤姆和盖茨比喜欢黛西那样的女人。那些酒店大堂里的女孩，塑料般的脸蛋儿，却也和许多名流上了床，有的还被娶了当老婆，不是么？钱只能买到这么粗糙的东西。”她叹息。

我答道："有些男女卸了妆都丑，反而容易接纳对方。但黛西不一样，黛西也爱钱，可当她为钱而哭时，很美，那些女人哭起来，却很恶心。"

"说到底，你还是觉得她长得漂亮。"她歪着小脑袋审视着我。

"不，黛西很美，可她太白了，还有点矮，我见过比她更美的女人。"

"说说还有谁。"

我回忆了片刻，回答道："世界上最美的女人。"

"最美的女人？"她扬起眉毛俯视着我。

"她长得高么？"

"高个儿，大长腿。"

"皮肤呢？"

"淡黄色，介于黄与白之间。"

"眼睛呢，鼻子呢？"

"一下说不清楚。"

我才发觉，自己从未讲述过沙由利的故事，尽管她那么美丽，让我对一切于她之下的女人都能泰然处之。

"她是我的朋友，不如说说我们之间的故事吧。"

"说来听听。"

祝融从床头柜的烟盒里，取出一支细长的薄荷烟。

“世上最美的女人总在幻想杀死自己。

“她整天无事可做，躺在床上照镜子，看电影。难过的时候，会半夜给我发短信。”

“电影看多了，人会变蠢。”祝融靠在右边的枕头上，吐了口烟圈。

我淡淡一笑：“我与沙由利怎么认识的？两年前的七月，她总接受男人的邀请频繁出入舞厅，我自然而然在舞厅里遇见了她。我们第二次见面是在一间幽静的酒吧，当时我们正式认识了不到三十分钟，一起坐上了一辆小轿车后，她就伤心地哭了。”

“她在哭给你看么？”祝融道。

“她在几个月前和男朋友分手了，整个夏天，都在为此哭泣。

“她说在一起的时候，男人一直在打游戏，她很悔恨，不得不为此分手。”

“傻瓜一样，”祝融不由笑了，“所以你可怜她，就爱上她了？”

“我没有爱上她，但是我被她迷住了。”

“她到底有多美？”

“每当她的身子贴近，就像一丝不挂对着我。”

“想和她做爱么？”祝融问。

“并没有。”

“那是什么感觉？”

“想将她拥入怀里的感觉。”我缓缓地说。

我们正式认识的第一天，沙由利告诉我，她母亲在她年幼时，为了顺应新夫家的要求，将她送给洛杉矶的姨妈寄养。

她的姨妈嫁给了白人。那对夫妇给了她好的生活。豆蔻之年的她，已展露出女人之美。她的姨父带着她出入比佛利的名流聚会，因为他从沙由利身上看见了下一个好莱坞的东方明珠。起初，他妻子也是支持的。但几个月后，她变得忧心忡忡，愁肠百结。她不该嫉妒亲妹妹的女儿，亦不愿怀疑丈夫的初衷。而姨父也日渐察觉到妻子的忧愁。比佛利山美人故事伊始，便在含蓄中终止。

察觉到难言之隐的沙由利，尊重姨妈的意愿，不再出入名流聚会。她生来善于察觉人心，就像一只漂亮的小鹿，对风吹草动颇为敏感，因为它知道，猎人时刻藏在树丛中，等待着剥去它的皮毛。

十五岁，沙由利回到阔别的故乡，搬入母亲的夫家，进入了全是黄皮肤孩子的学校。如果说南加州的阳光，让一切欲望披上了性感的外皮；那么在炎黄子孙的耕地上，他人的欲望，则如玉米棒子叶划破她的手臂，令她在骄阳下接受毒烤。

人类将克制欲望视为美德，而欲望只会以其他畸形的方式表现出来。在母亲改嫁给企业家后，这个家族中唯一的儿子成为了沙由利的哥哥。他继承了父亲“成功人士”的相貌，拥有不错的仕途与稳定的婚姻。他和某个胖姑娘产生了一些暧昧的纠缠，胖姑娘的一家人立刻坐着火车赶了过来，要求把女儿许配给他。

某次家族聚餐中，这个哥哥闯入了沙由利的卧室，破口大骂躺在床上的她："长辈们就座了，你一个女孩躲在自己的卧室里成何体统？"

他们的相貌相差太多了，他没勇气与漂亮女人打交道，他不过要一个堂皇的理由，去窥探少女的卧室。

曾有一次，母亲叫沙由利到身边，委婉地暗示她，不要去哥哥的房间。在她的担忧里，女儿迟来的经期，似与丈夫的儿子有种种牵连。

"我曾经觉得她为了自己的地位，割让了女儿的尊严。沙由利却告诉我，自己理解母亲的做法。"

"换作我，会恨自己的母亲。"祝融的侧脸，在烟雾中模糊。

不知觉中，她的香烟已钻入我的大脑，薄荷香令我精神抖擞。

我说："她的美貌源自母亲，对此，她是骄傲的。"

我才想起，还未向祝融解释，为何沙由利是最美的。

"这其中有两点。"我说，"第一点是，过于美丽的外表，总能惹来盲目的爱情，这种热情，将轻易转化为嫉恨。"

"第二点呢？"祝融问道。

"先讲讲第一点。"

"卖什么关子。"她冷笑道。

与沙由利在一起时，我们总在聊她的凄楚人生，我享受对话的激情，就像脱掉衣服，抚摸背上的伤痕。

这些故事大多琐碎，她的人生总被庸人伤害。她喜欢轻松的生活，便以社交障碍为由，不去工作。不忍她无所事事的父母曾为她谋过几份差事。在我们相识的夏天，她的母亲委托了某个男士，让她去红木家具店里上班。一整个月，她都在念叨，职场上中年妇女的假笑与刻薄，还有老板极具暗示性的短信。一天早上，她躲在家里，未去上班。下午母亲打来了责备的电话，沙由利便将自己的委屈道了出来。自责的母亲，便又纵容她回到虚度光阴的状态，如此反复。

“虚度光阴，是世上最美好的生活。”祝融笑道。

我看着她古铜色的肌肤，暗想：如果神会兑现一个愿望，我希望世上所有的少女，永远保持青春。或许天上的月亮会听见我的心声，尽管它闭上了眼睛，却知晓一切美丽。

“怎么了？”她的黑眼睛在检查我的思绪。

“没什么。”我回答。

与他人挤在一间屋子里钩心斗角，是汉人自古以来的习俗。上至曹雪芹《红楼梦》里的少奶奶与丫鬟，下至寻常百姓家中的婆媳，每个人对此认识深刻，以至成了不值一提的事情。而发生在沙由利身上的，所有习以为常的对人性的侵蚀，却令我感到难过。这就是美丽的力量，仅凭她的脸蛋，已让她身上的俗事演绎成一部动人的小说。

我对祝融说："知识分子热衷于关注普通人的悲剧，因为他们沉迷于自我感动。而我只在乎动人的部分。"

再说沙由利的爱情，白天无所事事的她，晚上等待着男人的猎艳。在那个夏天，我们常在舞厅里相遇。她还在为上个男友苦恼时，又迷上了泡吧的年轻老板。她被对方的"爷们儿劲"吸引了，换句话说，即有钱男人对待女人特有的粗暴、自大和虚伪。

祝融迸出一阵冷笑，我知道在她眼里，这样的女孩内心廉价。

男人宣称，会为了她与交往三年的女人分手。那一个月里，她总是反复念叨着男人的名字。盛夏的燥热，在八月末走向尾声。九月份，天气转凉后，她飞去圣地亚哥，遇见下一任男朋友。在万圣节的晚上，我见到了他与沙由利，他戴着茶色的眼镜，朝我憨厚微笑。

我下一次和沙由利见面，是在十二月底，那时她已和男朋友分手。我们说了很多话，她说她瞧不起那个懦弱的胖子。她又讲了许多关于他的坏话，就像分手后的女人说的那样。我从未理解她的爱情观，但我知道，她为此心碎过，即使真心觉得对方是废物。

凌晨三点的时候，我们坐在一辆小车的后座，穿越市中心的高架桥。白色的楼市，在月光下，睁着数千双空洞的眼睛。她随口说了一句话，让我产生她是最美的女人的想法，可我现在无法想起确切的内容了。

“那是我与她的最后一次面对面。之后我们，只偶尔在手机上‘见面’。”

“你不会想她么？”祝融问。

“我不愿回到沙由利生活的城市，离开那里后，我与故交们渐行渐远。”

而告别了男朋友后，沙由利再次踏上了从加州回国的飞机。

她先在南方的一个朋友那里待了些日子，最后又辗转回北京，整日对着屏幕看电影，偶尔与男人出去。

“什么样的人，爱看电影？”祝融的提问，令我稍许感到意外。

“什么样的？”

“想象他人生活的人。”祝融的额头朝着上方，似注意到沉睡的月亮。

“为什么这么说？”

“我也爱看电影。”她回答。

日后的夜里，沙由利不时地联系我。时常是她发来一句话，我起床后瞧见，恍惚中，忘了回复，又隔了几天才想起。有时候，我们需要一周时间说完一句话。

这期间，我们认识了新的朋友，对彼此近况不甚了解。直到去年十一月初，凌晨两点，我走在奥兰多的市区，她发来了信息。

她与母亲争执后，一个人跑到上海，住在酒店的套房里，下午对着屏幕做白日梦，夜晚和男人们去约会。每当她因为伤心逃离一个城市，又在新的城市做会让自己难过的事情。

逍遥一阵子后，身上的钱快用完了，她又不想回到家里。

“换作你会怎么办？”

“交个男朋友。”祝融不假思索道。

几次通话后，母亲又纵容她留在了那里。这之后，她再次变得消极，频繁向我诉苦。

沙由利喜欢把“死”挂在嘴边，她常幽怨地跟我说，刚刚差点自杀了。

我总告诉她同一个道理，死非常难，癌症患者，痛不欲生，却也没有杀死自己的勇气，最后连活着的力气也没有，也还挣扎地活着。

人活下去的理由很简单，可能是为了吃下一顿饭，睡个好觉。当我们说起自杀，真正渴求的是一颗糖，吃下去后，人生美好的场景走马灯般在眼前走过，然后永远睡过去。我知道沙由利不会死掉，她每天花两个小时对着镜子，欣赏自己。

经过我的开导，她开始尝试创造性的活动，不再仅对着屏幕神游。她迷上了拼图，花上一个下午，将碎片拼在一起，体会完成拼图后的惬意。

“之后呢？”祝融娴熟地点了一根香烟。她抬起头，发觉我正望着他。

“怎么了？”她扬起眉毛。

“我讲了许多故事，让你觉得她是个脆弱、悲伤的女人。但这不是真正的她。”

“没有啊，没这么觉得，快乐的时候，总是多于悲伤。”

我们见面没多久，她就大大咧咧说着，自己是没爹妈要的孩子，因被父母抛弃，直到上了小学还夜里尿床。

今年二月，她发了一张光着大腿、右脚跟打着石膏的照片，宣称跑酷时摔了一跤。我便知道是玩笑话，她私底下告诉我，昨天夜里，四个男人堵在墙角，想要强奸她，她翻墙逃跑时，摔坏了脚，一瘸一拐去了医院。

这次事故，被她称作“蜥蜴人”事件，若有人问起脚伤，她便说：被蜥蜴人收割了。

隔日，父母乘坐最早的航班，接她回了家。原要训斥她的母亲，看着女儿脚上的石膏，流下泪水。

“总感觉，她的人生就这样反反复复，从没有进步啊。”祝融取出口中的烟头，片刻后，又莞尔一笑，“这样也挺好，不是么？”

四月初的一个晴天，她在社交平台上发了一张照片，照片中她涂了烟熏妆，眯着眼睛对着镜头，底下配文是：“有活头吗　还没有　那死吗　不能”。

在之前的一张照片下，她谩骂了赞美她的陌生男人。

“所以，你还没告诉我，她到底有多美呢？”祝融晃着脚丫，瞥着我。

“我说过，她的美貌有两种魔力，一是让爱转为嫉妒；而第二点，或许只有我能明白。”

“快说来听听。”

祝融从不喜欢我讲话卖关子。

“她很松散。”我思考了许久，觉得这样说最恰当。

“松散？”

“对，她是松散的人。”

沙由利的一天大多是在床上度过，她常自言自语，又记不住自己说的话，笑起来脸蛋像婴儿一样鼓起。她一生中经历的许多人，会从他们各自的角度去看待她，而沙由利的松散，对我来说，即是本真的她。

“想象一下，在一座遥远的都市，街上空无一人，摩天楼印上了天空的蓝色。海边有一座泳池，棕榈树间，立着一栋粉色的小屋，卧在躺椅上的女人，就是沙由利。

“她白天躺在泳池边，喝着橙汁；夜晚，独守纯净的月亮。这座城市只有她一个人，偶尔有来访者，起初跟她玩得开心，可后面又被她赶出去。有的人迷失在城郊的沙地，找不到出去的路。”

祝融闭上眼睛，试图看见那幅画面。

“让我看看沙由利的照片。”

她拿走我的手机后，对着屏幕端详了一会儿，还给了我。

“抱她的时候，你有什么感觉？”她问道。

“舍不得松开。”

我们曾躺在一张床上，我贴在她的后背，闭上眼睛，半个小时后，回到了自己的床。

思绪回到眼前，我才察觉，房间内的一缕阳光已经散去。黄昏遮住了城市的声息，粉色的天幕下，棕榈树和广告牌的影子，构成了天河的桥梁。

祝融说：“我们去兜风吧。”

此刻，我也正想着美好刺激的事情，我们常常在床上躺一整天，只为迎接日落的到来。

等待祝融洗澡时，我拉开窗帘，看着天上的层云流向海；道路上，汽车霓虹灯留下了光影。我从浴室出来，她正对着镜子，在眉毛上勾勒一道黑线。祝融在外面，总喜欢打扮成冷酷的女人。她酷爱紫色的口红，银色的鞋子，露出肩膀上的多刺黑玫瑰，藐视过路人无趣的人生。

我们从日落大道的山坡上，朝着市中心下行。一路上只有几辆缓缓下行的敞篷车，享受着惬意的时光。椰子树的影子印在光滑的玻璃楼上，原本藏在桥洞下的流浪汉们，游走在大街上，目视夕阳在两栋摩天楼间下沉。即使住在那些山顶的宫殿，多数人也不过是这座城的过客，只有喜欢日落的人，真正属于这里。

经过当初与沙由利走过的高架时，四周除了光影与无声的楼宇，只剩我们。祝融轻轻按住我踩油门的腿。

“什么感觉？”

我没有回答，我的视线无法集中于她，此时汽车加速冲过了弯道，径直沿着坡道飞驰。我松开油门，逐渐减速，把车停在了一面巨大的粉色广告牌下。

我仍记不起沙由利在高架上说了什么，她也不会记得自己随口说出的话。但我确信，她表达了某种态度：世上充满轻而易举的事情，而我仍选择懒惰地生活。

“你能体会她的感觉么？”

祝融笑道：“我一直这么想。”

我们向西面驶去，黑夜已奏响在地上的前奏，红晕朝着天边退去。

海边的沙滩被夕阳染红，一个男人的黑影，正在单杠上举起自己；一只狗牵着女主人，跑过地平线。我们走到甲板上的游乐园，摩天轮静在空中，一只海鸥停在轮盘上，又回到海面盘旋。

我们靠在扶手上，看着天上的晚霞，彼此没有说话。

这样过了半个小时，天完全黑了下来，身后的都市睁着无数双黄色的眼睛，直视我们。

“快看。”我指着右手边，“月亮出来了。”

我们回到车上，我问她：“想听音乐么？”

“可以啊。”她声音飘忽地说。

在回去的路上，音响里女人一直重复着听不清的歌词。钢琴的低音和鼓点时近时远。到最后，她的嗓音才渐渐清晰，平静地问着：

我将何去何从

我将何去何从

我将何去何从

回过神来，车已停在了酒店门口。

我问祝融：“怎么样？”

她睁开眼睛，缓缓说：“我喜欢，像她和我的心在说话。”

我笑道：“我喜欢能欣赏同样音乐的女人。”

回到床上，我们像经历了一场远行，一会儿就合上了眼睛。

我做了一个梦，开头不清晰。我只记得，我在沙漠中，等待一辆车，它迟迟未来，我便沿着路边行走。天上的月亮是白色的，没有一颗星星。过了很久，一辆红色的敞篷跑车经过，黑色卷发的女人戴着墨镜，问我要不要上车。

车开到了一座城市，一切安静，街上的摩天楼没有窗户，全是淡蓝色的。女人驶入了圆形的高塔，一路盘旋，来到了顶层，她的车停在游泳池边，我们坐在泳池边的躺椅上，沐浴着穹顶的月光。

女人身着红色的泳衣，始终未摘下墨镜。她邀请我游泳，我在泳池里亲吻了她，却忽然想起，这里是沙由利所在的城市，我便四处找起她来。我去了海边的那座泳池，未见她的身影，又想起尚未询问红衣女子的姓名。梦到这里即醒了。

起床后，我才发现，昨夜沙由利发来了短信，她又陷入了苦恼，一位追求她的男人，被她发现已有了女朋友。我未细问，我对男女情事，尤其是脚踩两只船的男性的情事不感兴趣。

我漫不经心地回复了沙由利后，她自言自语了一阵，之后嚷嚷着："跟你说了也不明白，白说。"便未再理会我。

"怎么了？"祝融才睁开眼睛。

"沙由利刚才找我聊天，我有些敷衍了事。"

"让我看看。"说着她一把夺过了手机，而后笑着还给了我。

如今，我对沙由利的事情已没那么大兴致了，虽然我一如既往爱她。如今的我，更着重于当下的快乐。

我拍了拍祝融的手臂。

“怎么了？”她扬起眉毛问道。

我指着天花板上的月亮说：“你知道为什么月亮，总是闭着眼睛么？”

“为什么？”

“因为月亮不在意那些丑陋的事物，它对世间的苦难没有任何疑惑；在它心里，有一双眼睛，只看见美好的事情。”

月亮都市电台

月亮的影子正照亮着城市，
我想起了月亮都市电台，
白天的忙碌的人们，永远
无法找到那个地方。

凡蕾莎

撒克逊人经过四十九天航行，在新年前抵达乐土（The Promised Land）。

撒克逊人与当地土著展开斗争，起初撒克逊人节节败退，直到来年春天，一场瘟疫席卷土著人，让他们几近灭亡。撒克逊人说，神听见了他们的祈祷，便让他们取得胜利。

……

那之后，撒克逊人为教育他们的后代，在山顶上建了学校。在离天空更近的地方，孩子们便能听清神的声音。

——《马泰简史》

努拉是酋长的小女儿，努拉的父亲领导族人抗击侵略者。努拉爱上了名叫约翰的侵略者，她与约翰偷偷结合，将侵略者身上的病毒带给族人，给人民灾难。

——《胡安之歌》

“乐园建立在对无神论者的屠杀上。”我总结道。

多数学生不在意我的话，我也不想改良年轻人的价值观，无论之前发生了什么，也不该影响他们眼下的快乐。课堂上有一个听话的小妞，我讲述这些令神愤怒的话，只为了欣赏她纯真的嘴唇微微收紧。

这是放学前的最后一节课，金色卷毛的女孩对着化妆镜，抹上浓厚眼线——涉世未深的丫头们总认为那样性感。校门口，她男朋友正骑在黑色哈雷摩托上，不时让油门轰鸣，向全校示威。孩子们迫不及待奔向放荡的夜晚——我理解他们，我将青春荒芜在虚伪的知识上，如今只想着琐碎的生活。总有些年轻人认为百分之九十九的人是蠢货，只有自己看清了真相。高挑的少女维罗妮卡，冷漠地注视着《中世纪史》，右手摆弄着银白色的发髻。对于大半人生奉献给学位，只谋来一份私立高中教职的男老师们而言，她是理想的暗恋对象。她的父亲住在山脚的白色官邸，拥有一辆加长版迈巴赫黑色轿车，用来接送情妇。

教室里的时光，让我找回了青春，那是一切知识无法换取的快乐。我的目光回到了角落的男孩身上。他如往常一样望着外面，瞳孔捕捉着我看不清的世界。人们常说那些事物，随着年龄增长，会离开人们的视线；但人可以年轻到死，我时常看着镜子里的自己，这么想。

伊瑞西斯

窗外有一只黑鸟。我叫不出那鸟的名字，乌鸦，黑燕，或者麻雀？它在天上盘旋，时而落地，它像地上的黑塑料袋，被风刮到天上，我已分不清到底是黑鸟，还是塑料袋。

黑鸟逐渐远去，直到云朵遮住了屋顶，天边变成粉色，新的一天开始了。

维罗妮卡是班上最美的姑娘，她的乳房发育得完美，我睡醒的时候，常注视着她的后脑勺打发时间。曾有个家伙画维罗妮卡的素描，将她的脸蛋接上成人的裸体。

我曾在校长室前看见维罗妮卡的母亲，石榴裙包裹着熟透的肉体，脖子上挂着月牙项链，银色的头发高盘在脑后。

第二天，我将这场面画了下来，可它与我心中所想相距甚远。

我总是在思考女人的身体。学校建在山上，在下坡的林荫道上，可以望见全校的漂亮女孩。我目送维罗妮卡乘上校门口的黑色加长轿车，想起了她动人的母亲，她的父亲依靠金钱，让漂亮的女人生育。

我在校门口，看见了一个高挑的黑发姑娘，为了看清她的脸，我特意跟到了地铁站。她的黑眼珠落在手中的书上，右手下意识遮住嘴唇。我和她上了同一辆电车，她始终未发现我在对面，盯着她的脚脖子，想象着延伸到屁股的白嫩大腿，和脖子下的平坦乳房。她的裸体不亚于维罗妮卡，是另一种美。

过往人群挡住了过道，我的视线离开了她，从书包里取出耳机，听昨晚录制的唱片，拿出笔记，构思歌词。

不知觉间，我抬起头，电车已来到海边，夕阳洒在了车厢内，乘客只剩下三两个。我看着白纸泛着红光，写着：

美好的事物总是干净。

整首歌只有这一句话。车厢缓慢停靠在一家咖啡店前，我在那里下了车，沿着海边小路走着。今天已无要紧事，我打算坐在台阶上看看晚霞，再回到昨晚的酒吧。一对流浪的男吉他手和女歌手要在那儿演出三晚，近些日子，除月亮上的电台外，那是地上最好的声音。

一辆黑色跑车的尾翼，划破了街道的宁静。驾驶座的车窗外，飞扬着黑色的长发，我猜测着墨镜下的女人有着怎样的眼睛。恍然间回想起，上个月，我从演出完的地下舞厅走上来时，这辆别致的跑车就停在门口，野马般的身躯融入了昏暗的窄道。我花了许多时间琢磨女人的身体，头一次意识到，我与她们间可能靠音乐的桥梁联系在一起。

莫里

我今天没去上学，起床时，阳光已洒满了白床单。昨夜我看了一部爱情电影，按摩女郎为了追逐她的情人，孤身来到陌生的南国，寻找无果后，她便一个人在那儿生活下去。我惆怅到无法入眠，又看了一部鬼片。性感女郎赤裸着上身，躺在红色法拉利的前盖上，对着迎面的丧尸惨叫，聚光灯对准了她的乳房。在男性观众欲火焚烧时，下一个镜头跑车女郎就被撕咬成了一摊血肉。

我躲在被子里，幻想着有人一起睡觉，父亲和他的情人去了沙漠里，此刻他们应该在床上缠绵。我联想着各种事情，好让自己不去回放那摊血肉，可它在脑里挥之不去，我只有闭着眼睛，到天亮才失去意识。

我常盼着父亲和情妇出去，这样他的手提电话会处于服务区外，就联系不到我了。另一个好处是，我可以偷开那女人的车。那是父亲给她的生日礼物，车名叫莲花，夜晚奔驰时，它又像情欲失控的野兽。

我自认是一流的车手，在午夜的沿海高速，尽力踩油门，凌晨五点回到车库时，它仍毫发无损。

这栋房子里的装潢只有黑、白、灰三种颜色，我推开卧室的落地窗，让玻璃墙外的阳光充分进入，给室内添加一些温暖。父亲不喜欢客厅里有装饰物，除了两张白得可以融入墙面的桌子，一面巨型屏幕，只有一套几乎陷入地板的灰色沙发和阳台上的一张几何形躺椅。那个女人曾抱怨过，这里的一切过于单调，但对我来说恰到好处。我常坐在阳台边，看着层云慢慢从白色变为粉红色。

我随手套了一件白色的短袖，光着脚走下楼梯（地板很冷，但我总忘记拖鞋在哪），走进二楼父亲卧室的洗手间。洗手间四面铺着黑色的瓷砖，白色的洗手池上摆着情妇的化妆盒，这是整栋楼里（除了她的衣柜）唯一五彩缤纷的地方。那女人很懂得让自己时髦，她不在时，我会跑来这里偷试她的口红。

我看着镜子里的自己，嘴唇变成蓝莓的颜色。我的眼睛像老爸，人们说我们面无表情时，显得愤怒又冷漠。我的鼻子随了妈妈，鼻尖微微上扬。我有时模仿父亲情人的打扮，可她不怎么和我说话。我的老爸不知道我晚上去了哪里。他喜欢独自一人坐在车上，听着黑人蓝调独奏，我喜欢在人群里听迪斯科。

最近他常和那女人出去，白天我便有了更多时间收集唱片，晚上去寻找睁着眼做美梦的地方。上个月，我发现一家叫“梦幻宫”的俱乐部，它是间一百平方米的地下室，天花板上挂着各种万花镜。演出的男孩看上去比我还小，他的音乐始终环绕着某种直入灵魂又叫人酥软的合成音，我在大小唱片店里都未找到那种音色。

我被这种感觉迷住了，如果接下来的岁月失去它，我定会心碎。那男孩下月还会在梦幻宫地下室演出。在那个夜晚到来前，我想过慢悠悠的生活，好像这样人生就能变长。

我化好妆，挑了身黑色的皮衣和短裙，好让自己看上去成熟三岁。城郊的高速上零散地立着高大的棕榈树，我只喜欢在空旷的路上驾驶，进入市区的地下通道前，选择了通向海边的小路。

这条老街上的一切都停留在二十年前，街边的双门轿车是当年最潮的样式，证明着它们的主人不愿再向前，只想将人生定格在最美好的年代。邮筒上的红漆，在晚霞下褪色；海鸥在岸边盘旋。我踩下油门，让车窗外的海风刮起来。

我想喝点什么，便掉头回去刚才的咖啡店。过道上站着一个男人，直勾勾地看着我——那女人的跑车常招来注目。他丝毫未修饰自己的视线，直到吸引我摘下墨镜——为了看清他的面庞。

“哈喽。”

“是在叫我么？”他的眼神从蓬乱的头发间回应道，他显然不常与女人打交道。

我拉下车窗，莞尔一笑。

“你叫什么名字？”

“伊瑞西斯。”

“抱歉，我有些唐突，我上个月在梦幻宫参加过你的派对，可没记住你的名字。”

“坐上来聊聊？”说着我打开车门。

他坐上副驾，一直盯着我的脸，我也看着他，他的眉骨和下颌看上去像某个思考者的雕塑——一个漆黑的裸体男人，脸上唯一能看清的只有深邃的眼眶和下巴。

我察觉到脸上露出害羞的表情，便朝着他笑笑：“刚从学校出来么？”

“嗯。”他似乎感到不好意思，低下了头。

“没想到你是高中生，别在意，我也是学生。”

“你开车上学么？”他的目光正落在仪表盘旁边的石英钟表上。

“我？不，这是我老爸情人的跑车，我不过偷开出来了。”

“它真漂亮。”说着他抚摸着风窗玻璃前的皮革。

“去兜风么？”

“好啊。”

这是我第一次载着男人，以三十英里的时速缓行着，让风从脸庞微微吹过。

伊瑞西斯说道：“我在梦幻宫门口见到过你的车，没想到它的主人是个漂亮女人。”

我会心一笑，他的表情不像在恭维，他看上去像一辈子也不说那种话的男人。

我告诉他：“我喜欢你的音乐，它太独特了，我从未听过那种声音。”

“它们来自一个神秘干净的地方。”他平静地说，他看上去就像说这种话的男人。

“你不想知道我的名字么？”我问他。

“抱歉，你叫什么？”

“莫里。”

“莫里是一种黑巧克力的名字，它的味道很甜，里面含着杏仁，吃下去总有一个好梦。”他闭着眼睛说道。

“我从没吃过。”我意识到自己傻笑不停，可他说的每一句话，都迷住了我。

“下次带我尝尝吧。”

“好啊。”他淡淡一笑。

我忘记买饮料，又掉头回去，点了一大杯杏仁奶茶。之后我们闲聊着，朝着西边的海滩开去。

“你的唱片是在哪儿收集的？”

“这座城市有许多好地方，但最精华的部分不来自这里。”

“哪里？你自己做的？”

他点点头，接着说道：“它的源头不在地上。”

“不在地上？”

“对，它在天上。”

我有些疑惑地望着天上，一片绯红的海浪流向远方，好像天空中也有着洁白的沙滩。

Canters
FAIRFAX
RESTAURANT
BAKERY
Canter's
Canter's

黄昏遮住了城市的声息，

天幕下，棕榈树和广告牌的影子，

构成了天河的桥梁。

天上的窗户构成了一座迷宫，

对于地上的人如星星遥不可及。

"听听看？"

我点点头。

他开始在汽车收音机上换台，起初是一条腔调圆滑的保险广告，接着转到黄金档侦探连续剧的广播，然后是一些我从未听说的电台，其中一个电台里有一个烟嗓女人在诉说着自己的故事，有的电台只传出小号的声音，之后频道里的电波变得不稳定，最后它逐渐稳定成一种清晰的环绕音，与那晚我在梦幻宫听到的一模一样。

"闭上眼睛？"

"什么？"

"闭上眼睛。"

我感受到鼓点轻轻捶打着耳膜，和一些顿挫的迷笛声，接着它们飘散开，我已分不清听到了什么器乐。我感觉远方发生了什么快乐的事情，便睁开眼，原来汽车正行驶在一座白色的桥上。这座桥不见首尾，四周是平静的海面，反射出亮光，天上却不见太阳。只有坐在车上的我们。

"睁开眼睛。"说着他又拍拍我。

我再次睁开眼，原来我们还停在刚才的地方，一只海鸥扑打着翅膀落在前面的石阶上，又离去。

"这种感觉，太美好了。"我恍惚道。

"世界上为什么会有这种音乐？"我问他。

"这是来自月亮的声音。"

“月亮？”

“欢迎来到月亮都市电台。”他朝我一笑，“我从没告诉别人它的存在，你或许是世界上第二个知晓它的人。”

“天哪……原来月亮上也有人存在啊。”望着窗外的红云，我完全看不透那后面的事物。

“月亮上有座干净的城市。”他说道。

“谢谢你。”我对着他的嘴唇，亲了一口。

“我从没遇上过这么好的事情。”从大桥上的白日梦醒来，我的身体就舒展得像被温暖的海水浸泡过。我才意识到，伊瑞西斯早已习惯了那种境界，无论他做什么，心中也不会拖泥带水。

他搂住我的后脑勺，回亲了一口。

“从今天起，我们是好朋友了。”我朝他笑着。

伊瑞西斯的食指按下收音机，月亮电台的声音回到了身边，曲调变成了短促、厚重的钢琴曲。电台里的男声在随性嘟囔着，他不像有意歌唱，每个音节却恰好打在节拍上。我更加确信，月球上存在着都市，这就是它们的语言。

我讲起了自己，我喜欢翘课躺在屋顶，听高楼之下汽车呼啸。我不知道“几何”的意思，我喜欢跳舞，或许这是我唯一擅长的事。

伊瑞西斯无声地听着，好像这些珍贵的秘密，他会放在内心深处，再不向第三个人吐露。

“前面就是看日落的地方。”我眼指着沙滩的入口。

他点点头，未说话，似乎未接受我的邀请。

“你晚上有什么打算？”我试探地问。

“我要去一家小酒吧，那里有一对蓝调歌手。”

“什么样的蓝调？”

“默默无闻，在路上行走了许久的蓝调。”

“……你介意我一起去么？”

他摇摇头：“我不介意，但是……”

“怎么？”

“但是我不能和你一起去。”

我感觉心中被刺了一下。

“好吧。”

他解释道：“我并不介意你跟我一起去，我喜欢你；但是，刚才发生了太多的事情，我需要回想，我想一个人……待一会儿。”说完，他淡淡一笑。

“我可以在这儿下车么？我想看一会儿海霞。”

“好吧。”我打开了车门。

“喂！”我喊道。

他回头看着我，眼神如刚上车时，要将我望至穷尽。

我从车门的抽屉里取出一张便条。

“有笔么？”

他从兜里取出一支马克笔。我拿过笔，写下自己的电话。

“这是我家的号码。”

“嗯。”他将便条放进兜里。

关上车门后，我发觉脚不受控制，不停地加速，白色的沙滩延绵着，直到周围已看不见一辆车。

我嘲弄着自己，心里一直想着掉头，肉体却执意前行。我突然难过，我才去过世上最好的地方，心里却不停想着再无法回到那里。

直到弯道就在眼前，我才用尽全力左转，一阵刺耳的剐蹭声响起，我被甩回座位上。

我想到的第一件事是打开收音机，但无论我怎么换台，都只是些无聊的节目。

我捂住眼睛，止不住地哭了。

我下车检查了下，右侧的保险杠和车门留下了一道严重的伤痕。这下老爸和那个女人回来后，立刻就能发现。我取出了半杯杏仁奶茶，朝着沙滩走去。

踏在柔软的细沙上，我拖着沉重的步伐，任沙子进入鞋里。

海鸥啄食着沙滩上的残食。我坐在沙子上，海浪冲到离脚趾一尺不到的地方，又退回岸边，一只白帆的影子浮在海面。

我不由想着伊瑞西斯，可始终只看见他望着大海的背影。我抬头看着天上的云化作一朵朵红浪朝着地平线推去。

就这样，直到余光仅残留在海的尽头，天上的云化作深蓝一片。

我回过头，月亮这时出现在城市的上方，仿佛发出一道射线，从月球传播到摩天大楼的顶层。

那杯奶茶早已失去余温，只剩下舌头上的甜腻；店主是个老头儿，可为什么还爱吃糖？

凡蕾莎

离下课还有二十分钟，我向全班宣告：

“同学们，接下来我要问一个问题，只要回答出的人，免写期中论文。

“如果明天是个风和日丽的日子，老师允许你们不去学校，你们会去哪里？做什么？”

画眉的女孩说：“我要和男朋友去兜风。”

“去哪里？”我问她。

“不知道啊，去哪里都行。”

“你呢？”我问她后面的女孩。

“喂流浪猫。”她抚弄着白色的美甲。

“在家做饭。”她很害羞。

“无所事事。”他打着哈欠，课桌容不下发育强壮的大腿。

“游戏厅。”他趴在桌子上。

“看电影。”她是许多男生的爱恋对象。

维罗妮卡冷冷看着窗外。她宁愿写上千篇论文，也不愿理会我。

“冲浪。”她的肤色很健康。

最后轮到角落里的少年，他望着外面思索道：“在白沙滩上睡觉。”

和孩子们相处久了，我常盼着以某种代价，回到十八岁。我愿失去智慧换取年轻，只为过愉快、无目的的人生。一天夜里照镜子，我意识到，容貌是唯一让我充实的所有物，若它随着时光而去，我将一无所有。那些一文不值的知识不足以换取无价的青春；若以美貌为代价，回到过去当个丑人，亦万分痛苦。我陷入了深重的忧伤。

这个季节的林荫道是最好的，梧桐叶遮住了头顶的天。从学校走到山脚约三十分钟，我住在情夫位于山脚的白银宫殿里，这个家族只乘坐黑色的豪华轿车，家具中的一切只有白与金两种颜色。

这座宫殿里只住着我与他们父女。走进正门，他的女儿正坐在餐桌前喝茶，她在学校里不和我说一句话。我走到餐桌前，随手拿起杯子一闻，里面透着墨绿的奶香。

"为何问那种蠢问题？"维罗妮卡低头吮吸着茶杯。

"是说一天不上学做什么那个？"

她未回话。

"班上有一个孩子，他总看着窗外，我想知道他在想些什么。"

"你只是不想批改论文罢了。"

她抬起头，瞥着我，锋利的眼睛像她父亲。

"这是一方面。"我轻松地靠在沙发上。

"你这样会伤我爸的信用。"

我被原来的大学开除后，凭着他的关系进了这所高中。

“那不一定。”我伸着懒腰，“你们校长看上了我的学历，教课交给其他老师就好。”

“再说，”我朝她一笑，“我现在是你的私人教师，想知道什么可以问我。”

“没有问题。”她淡淡回道。

“那有什么担心的？放心玩去吧。”我知道维罗妮卡在学校没朋友，平常在家里，也不过埋头看着书，要么仰天哀叹。她是敏锐的孩子，到了一定年纪，便开始厌恶充溢着广告的日常生活；发觉了人的劳动、榨取及权力斗争，种种无法靠消费商品战胜的本质与轮回。

暗地里，我观察着她独自神伤，她没有恋爱经历，没有爱好，是天生的空想家。

此刻她正垂着头，我打趣道：“坐在角落的那孩子，名字好像是伊瑞西斯，他经常从后头偷看你，有空请他到家里玩玩吧。”

维罗妮卡怨视着我。

马蹄靴敲响了洁白的地板。“我同意。”维罗妮卡的父亲将黑礼服随手一扔，走到她身后，粗壮的手抚摸着她额头上的金毛，朗声道，“宝贝儿，我不反对你和男人交往。”

“我没有喜欢的人。”她面无表情道。

他坐下来，厚实的手搂住了我的后颈，笑道：“年轻有什么可烦恼的。我这个老年人真是不懂了。”

维罗妮卡依旧面无表情：“我没有烦恼，也没高兴，也没不开心，什么也没有。”

她的父亲喝了口我剩下的茶。

“太甜了。”他皱起眉头，接着又站了起来。

“去哪里？”我问他。

“先洗个澡，等下要出去。”

“谢谢你的茶。”我朝维罗妮卡莞尔一笑，接着追上了她的父亲。

来到三楼他的更衣室，我推开虚掩的门探出脑袋，坏笑道：“你去什么地方，不敢在女儿面前说？”

他将坚实的臂膀塞进一件白色衬衣，背对我道：“我要去享乐了，过男人应有的生活。”

“你要去嫖妓？”

“对，很多名贵的妓女，酒池肉林。”

“我真羡慕。”

“我倒想，你知道那些女人漫天花钱，超出她们本有的价值；再加上，她们忍不住到处炫耀与男人的关系。”说着，他又挑出一条纯黑的领带。

我知道，他不可能穿成这可笑模样消遣女人。看穿我的表情，他叹了口气：

“实际上我要去见她老妈的律师。”

我笑得合不拢嘴，这男人吸引我的地方就在于他撒谎时很苦恼，往往之后又揭穿自己。

他长叹道："女人伸手要钱的表情，简直像牧师捧着圣经向土著人宣誓：那是神给我们的土地。"

"你也一样。"说着他指着我一笑。

"滚蛋。"我笑骂，目送他而去。

父亲走后，维罗妮卡把自己锁在三楼。我坐在空荡的客厅，无事可做。

睁眼时，方觉先前在沙发上睡了过去。我走到阳台，天已黑了。那心碎的念头又回来了：

我错过了晚霞，人生又少了一部分。一天天过去，除了淤积的思想，逝去的青春，我一无所剩。

我选了一顶绿帽子，遮上黑面纱，仓促出了门。夜风下，我又乐观起来，意识到有整晚的时间。

我坐上了一辆的士，不知道去哪里，便吩咐司机开往市区。

夜路的两岸，棕榈树上挂着星屑，我望着它，看见了自己在跳舞，在现实中我无法做出的舞姿。

我回过神来，才发现，司机的收音机里放着一首歌。

"这是什么音乐？"我问道。

"蓝调。"他嗓音嘶哑。

"带我去放蓝调的地方。"

他的老爷车载着我，到了第十二街与十三大道的街角；游客罕至的角落，住在这里的人们，与城市命脉千丝万缕，却又不被记载。

下车后，我在街上漫步着，两侧的酒吧只点着微弱的霓虹灯，人们的窃窃私语被慵懒的琴声掩盖着。我停在了一家更不起眼的小酒馆，里面弥漫着蓝色的雾气，看不清人们的模样，只听见飘忽的吉他和女低音。这是我要找的音乐。

我在迷雾中，找到了吧台的座位，两边的人们只喝着一种饮料。我未和酒保说喝些什么，他就端上了一杯一样的蓝色液体。

“这是什么？”

“蓝色接触。”

他是个寡言的光头，有着土著人的肤色，右手上文着一只狼的图案。

我尝了一口杯中的不明物，某种清新的浆液进入了我的喉咙，随之涌入了我的胸口和大脑。

迷雾中，那吉他手只露出了黄色的帽子和抚摸吉他的手。唱歌的女人身着的红裙，是昏暗的小空间中唯一发光的事物，她的黑发遮住了眼睛，嘴唇抹着紫霜。

不知觉间，我已被他们深深吸引了，我无法描述他们的演奏，除了感受他们，我无法做任何事情。

我摇晃地走到洗手间，指尖抹去镜子上的水雾，看着自己。

黑纱之后，我的绿眼睛和红唇印在镜子上。我抹去了镜中眼角的泪水。

走出来后，我才看清吧台上人们的样貌。

强壮的白色男人在风趣地舞动手臂；身旁，戴头巾的棕色皮肤的姑娘深情地望着他。

旁边是沉默的老人，不停将蓝色液体灌入喉咙。

在那左边，坐着一个孩子，他刚才便在那里，脸一直望着那对歌手。

我坐下来后，看着他的侧脸。

“伊瑞西斯？”

他没回头。我便拍了拍他的胳膊，他才转过来。

“你是老师？”他有些惊讶。

“我第一次来这里。我从未听过这美妙的音乐。你和朋友们常来这种地方？”

“不，我一个人来。”

我从未如此近地看着他，如何形容他的五官呢？今晚接连碰到令我词穷的事物，如果用一个词描述他，即是清澈。

“我真是孤陋寡闻。”我低下头，举起杯。

“这是什么饮料？”

“蓝色接触。”他桌前放着同样的透明杯。

“它是什么做的？”我望着杯中的深蓝，无法看透内在。

“它能让你睁眼看见想象的世界。”他未直接回答我的问题。

“想象的世界？”

“也有人说，它是真实的世界。”

我流下难过的泪水，短短十多分钟，我经历了过去二十八年从未有的快乐，而它是一个孩子告诉我的。

“我们干杯吧。”我朝他举起杯子。

“你怎么哭了？”他有些困惑。

“我想起了难过的事情。”我抹去了眼角的泪痕。

“我很难过，为什么你们的快乐，我从来没体验过。”

“因为你从没有望过天空。”他平静地答道。

“望过天空？”

“对。”他指着上面，“月亮一直在那里。”

我笑着注视着他：“你真是有趣的孩子，你知道的事情我什么也看不见，我不该做你的老师。”

我捧着他的脸颊说：“不过你不是我喜欢的类型，我喜欢强壮的男人。”

他的脸未侧过来：

“我今天遇上了一个女孩，我和她接吻了，我第一次和女人接吻，感觉真好。”

“她为什么亲你？”

“因为月亮上的电台。”

“那是什么？”

“或许你知道了，也会爱上我的，我从没和人分享过它，我不知道它有这样的魔力。”

他陷入了沉思。

“我从没在意过，世上是否还有人会听见它。”

“所以它放的到底是什么音乐？”

“可以这么说，它是把爵士、蓝调、迪斯科、灵魂、鼓、合成器——所有美好的事情随性合在一起，发生的事情，或许这样你可以理解。”

眼前的蓝调已让我沉醉到无言，无法想象，所有这些混合在一起，会变成什么世界。

“我想我会喜欢的。”我低头笑了笑。

“所以你平常在教室里睡觉，是因为晚上跑到这里了。”

“对，我需要在晚上研究音乐，有些声音，只能在夜晚听见；有时候，我也会去演出。”

“演出？”

“对，我是唱片骑师，不过只为赚一些零钱罢了。”他腼腆地抓着后脑勺。

“是那些年轻人晚上聚在一起的派对么？”

“对。”

“下次也带我一起去吧。”

“可以的。”

“不过还要带上我一个学生。”

“学生？”他有些不解。

“对，她和你在一间教室，她很沉闷，需要解放。”

“我不觉得，她能理解这些旋律。”他望着那对蓝调歌手说。

“原来如此，有些世界是无关大部分人的。我年轻时一直这么觉得。”

我干尽了杯中的液体，接着说道：“直到最近，我觉得自己老了，我开始怀疑，也许我们从始至终，都陷在一片巨大的泥潭里，没有人能从其中逃出。”

“一个人自由自在的世界，说不定是场幻觉。”

“不是这样的。”此前他的形象在我眼里尚有些孱弱，而此言却充溢着骨气。

“它一直在，即使我们死了，也不会消失。”

“如果那样，真是太好了。”我望着屋顶，想象着他所说的月亮，究竟是什么样，“你知道么？”

“什么？”

“在来到这个城市前，我是一名大学副教授。”

“没想到，你看上去很年轻。”

“谢谢你这么说。”我笑着。

我告诉他：“从小，我的父母为了活下去，不停出卖着自己的劳力。他们也因此变得易怒，为了些许琐事厮打，也殴打我。

“他们幻想着逃离这场噩梦，迎来的只是更多的债务。

“我小时候很聪明，我的父亲威胁我，如果得不到奖学金，便将我抛弃。

“我为了摆脱他们，考上了有名的大学。之后学校就成了我的依靠，我读了八年书，将青春全部浪费在无意义的事情上，却发现自己无法拿到博士学位。那些已将整个人生浪费在象牙塔里的人，并不在意掠夺更多年轻人的青春。”

“那真是地狱。”他喝下一口蓝色接触，好似看到那幅光景。

“我为了拿到学位、更多的钱和教职，与一位知名的老教授发生了关系。他确实爱我，抛下自己的老婆，带我去了许多有意思的地方。那时我才开始体会人生的快乐，不过相对于你们，已经很晚了。

“他曾经是唯一理解我想法的人，他说用一生时间才看透学术的虚妄，羡慕我只花几年便领会了这些。

“两年后，他便去世了，临死前将遗产留给了我。他把一辈子耗在那些理念上，却认不清庸俗的生活。

“他的老婆也是位知名教授，将我告上了法庭，控诉我妨碍他们的婚姻，为了遗产骗取她的爱人。

“我打官司失去了一大笔钱，还丢掉了饭碗。”

我笑着望着杯底，才发觉杯中已无物。

“所幸又有男人朝我伸出援手，我才有了新的家和这所学校的职位。等我再老了，便没地方可去了。”我摆弄着杯子，叹了声气。

“我觉得你到老了，仍然会很美。”

“是这样么？”

我望着他飘忽的脸。

“你的肤色很好看，就像土著人和白人的混血。”

“我的母亲是土著人。”

“这样。”我摸着他耳朵，电流顺着手指传到了心脏。

“你今天在教室里讲过《胡安之歌》吧？”

“你还记得？”我以为他从未听进我讲的课。

“我偶然听见了。”

“你知道为什么，这座由撒克逊人建立的城市，能接收到月亮的声音么？”他问道。

“为什么？”

“因为居住在此的胡安人，从远古开始崇拜月亮，在月夜下演奏。”

我感到神秘向我靠拢，我想说些什么，却组织不了语言。

“这是我能想到的解释。”说着他喝完杯中的蓝色接触。

“跟我来。”

他拉着我的手，穿过一阵迷雾后，我们来到了外面。我看着天空也模糊起来，无法找到月亮的方向。

“戴上耳机。”他从背包里取出了收音机。

“闭上眼睛。”

我照他所说闭上眼睛，起初我看见了黑，上百种火车驶过的声音朝我袭来。待到完全睁开眼睛时，我站在一座塔顶，漫天飘散着摩天楼的电子光，街上一片漆黑，无论怎样的光也无法照亮那漆黑的深处，一股脉冲从那里涌出，它由上千种乐器组成，我身上所有器官，都在呼吸着它。

无法思考，无法言语。

“欢迎来到月亮都市。”我只听见他飘忽的声音，便失去了意识。

莫里

我咬下了一口淋着蜂糖与黄油的热狗，随手将面包屑扔出车窗。

“好腻……”

一只海鸥扑到地上，飞快拾走了残食。

我看着海岸线，漆黑的世界朝着陆地扑面而来。

我打开了收音机：

无法不爱上你……

恶心，他还未唱完一句话，我就切了台。当红抒情王子，自作多情的啤酒肚。

接下来我们有请风城的名嘴，著名的球评人史蒂夫·道尔……

您怎么看现在的孩子们，每晚上在城里游荡，在敞篷车里大声播放扰民音乐……

颧骨过于发达的男主持人，装腔作势地问他。

史蒂夫·道尔运动着肥胖的下颌，飞快说道：

你知道的，这些孩子……你要知道在我们那个年代，我上学时用的每一分钱，都是靠血汗挣来的，如今这些孩子，却挥霍着父母的钱，将之投入在虚无的娱乐上……我希望有关部门能够销毁这些音乐……它们对提高人的智性毫无帮助……

为什么人可以将生命奉献给香肠和啤酒后，再把电视体育视为信仰？

我快速切着台。一个女明星像是嘴里含着奶油雪糕，在唱情歌，歌词如同她整形过的脸。

我不知切换了多少次电台后：

接下来，黑色麦当娜为你带来女巫电台：

我只想在回忆中甜蜜舞蹈。

我回想起某个夜晚，一个人行驶在高架桥上，摩天楼群电光四散，就像穿梭在城市的星河，我花了很久，才走完那段路。

我启动了车，穿过城市，朝着家驶去。月亮的影子正照亮着城市，我想起了月亮都市电台，白天的忙碌的人们，永远无法找到那个地方。

把车停入车库后，我看着车门上的划痕，因为它是匹黑色的野兽，那道痕迹格外显眼。

我淡淡一笑，走入了房门。

我躺在沙发上，从书房里取出了父亲的雪茄，可是不知道怎么点燃它。卧室里放着许多影碟，可是我今晚对它们毫无兴趣，只想听着唱片，在脑海里导演自己的人生。

电话铃响了。

“今晚没出去玩么？”电话那边是父亲，他鲜在这个时候问候。

“没什么心情。”

“老师打来电话，说你今天没去学校。”

“没心情。”

“想成为你母亲那样愚昧的女人么？”

“我会和她一样，找一个自大的有钱人嫁了。”我淡漠地回答。

他笑骂道：“胡说什么呢，你会继承我的财产。”

我未回话。

“想点开心的事情吧。”他叹了口气，说道。

“我会的。”

“爸。”

“怎么了？”

“没事儿。”我本想说车划痕的事。

我问他：“怎样才能开心？”

“去做有意义的事。”他压着嗓子说。

“那我挂了。”

他笑道：“那是你祖父对我说话的口吻。”在此之前，我从未听他提起过他与祖父的关系。我六岁时，祖父去世了，我对他的印象只有病椅上严肃的侧脸。

“我小时候，别的孩子都能喝可乐，而我只能喝水。你知道为什么？”

“为什么？”

“因为水是免费的。”他苦笑道。

“所以，我年轻的时候，总想着以后玩遍所有女人，开最好的跑车。”

我们都笑了。

“但这不是我最开心的事情。”

“那是什么？”

“一个人在车上，看着草原上的星空，收听我最喜欢的蓝调。”由此我理解了与父亲的共同点，我不了解蓝调，但知晓他追求的感觉。

“你知道蓝调的起源么？”

“不知道。”

“你不喜欢上学，假期也不想去打工，但是，你要知道，在我们的历史上，大多数人无法逃避这样的事情。”

“嗯。”我实在受不了，他讲任何事情前，定要阐述道理。

“但是……”

“但是什么？”

“蓝调就是由这样的人发明的。蓝调是土著人创造的，他们的土地在几个世纪前就被我们的祖先占领了，而他们终生被禁锢在棉花地里，无论多热的天，都要劳动，直到苍老与疾病索去他们的生命。

“他们唯一的娱乐，就是在周六晚上，聚在小酒馆的木屋里，暂时忘记现实生活。这之中有人弹吉他，他们没上过学，也不识字，甚至连自己的名字也没人记住。

“夜晚，他们看着荒芜的大地，再看着天上的星月——不管身在何处，无论身份地位，所有人共享的天空。他们看着天空，回想着自己的岁月，就有了蓝调。”

我许久未张口，无法想象，一向鄙视文学的他，竟讲出这么美丽的故事。

“爸。”

“怎么了？”

“今天我找到了最喜欢的感觉，我会用接下来的一生追求它。”

“放手去做吧。”

“晚安，爸。”

“晚安，莫里。”

我播放了一张唱片，如他说的那样，一个人坐在沙发上，看着夜空。

我的身体像被数个吹着口哨的小精灵抬上了天空，我将要勾到月亮时，又一通电话打了进来。

“喂？”

“是我。”

“伊瑞西斯？”

“我现在可以去你住的地方么，我有一个朋友睡着了，她不能回自己家。”

“女人？”

“对。”

“这也是因为电台的缘故么？”我笑道。

“嗯。”

“来吧，你记下地址，到了按门铃。”

“谢谢。”

“真是坏了我的兴致。”说着，我挂断电话。

过了约半小时，他们出现在了门口。

伊瑞西斯肩上倚着的女人戴着面纱。我看不清她的脸，只见她银色的发梢从帽子下卷起来。

“把她放在哪里？”他问我。

“我的房间吧。”我指着里面。

我仔细端详着他怀里的女人，她的睡相让我想起森林里的赤裸少女，朝夕与动物相处，从未见过别的人类。

“莫里？”

“怎么了？”我问道。

“我可以洗个澡么？”

“浴室就在我的卧室里。”

这也是月亮电台的力量么？我躺在沙发上，辗转反侧。

伊瑞西斯

龙头里涌出热水，淋浴间的瓷砖壁如一面镜子，我看着水流反射在白砖上，在镜中构成了一座温泉。我总觉得，虚幻的世界即在眼前，以某种方式与我们连接着。

水池台上散落着莫里的眉笔，黑色内裤随意挂在墙上的杆子上。

我的心跳得很快，毛孔在热流下舒张。

我的人生尽头在哪里？我的音乐会永远伴随着我么？

我无法想象会发生什么事情，使它离我而去。

这个世界上还有人能收听到月亮的声音么？

会有更多人听见它，这是我们公开的秘密，我们会带着这秘密进入坟墓。

当我死后，或许有人记得它，直到有一天，他们也忘却了，所有事物随着人类的消亡而被遗忘。

月亮，不过宇宙中的一道星屑。太阳的寿命更久，也终会消失。

这些不过是我们看不见，但相信的事情。

美好的幻觉只要发生过，便永远在眼前。

我走出浴室，凡蕾莎躺在床上熟睡着，黑夜掩盖了她的身体。

音乐是人类最纯洁的产物，它们会永葆原有的样子。而女人会随着时光老去，我感到难过。

我骑在凡蕾莎的小腹上，摘掉了她的面纱，她的胳膊敞开，闭着眼睛，像是在做一场梦。她的五官比父亲情人漂亮许多，我从没见过这么漂亮的女人。我解开了她的衣带，她的乳房在灯光下露出一道月牙。

“你要和她做爱么？”

我回过头，莫里正在门口的黑影里。

“并不是。”我回答。

“我不在意，我可以睡在沙发上。”

“我只是想看看女人的裸体，我从未看过。”

她笑着捂住了嘴唇：“你这家伙真可爱。”

我的指尖贴在凡蕾莎的小腹上，感受着她的温度，似乎比我想象的女人要低一些。

“要不要出去兜风？”莫里还在门口，问道。

“好啊。”临走前，我用被子遮住了凡蕾莎的身体。

“你的车撞了？”在车库里，我看见车上原先没有的划痕。

她笑着说：“因为我想你想得心烦意乱，结果剐到了路边。”

在夜晚的高速上，她驾着车开始尽情奔驰，我的心脏好像随着车身挪了位置。

“要去哪里？”我笑着问她。

“一个好地方。”

她将车开到山坡的一条废弃道路上。

“很棒不是么？”她指着前窗外，城市仅剩下一条光线网络，盖在黑色的轮廓上。

“从这里也能看见大海呢。”我说道，接着打开了电台。

“你知道么？”

“怎么了？”她问。

“白天无法接收到月亮都市电台，它在日落时才开始出现。

“用心感受吧，这是属于深夜的律动。”

莫里

等我睁开眼睛，我已在一条街道上，它不属于地球上的任何角落，街上的灯灭了，只有摩天楼顶的光芒引导着夜路。我听见了地下室传来少女的歌声、鼓点和钢琴和弦。

我打开门，走了下去，里面的人群在欢呼。为首拿麦克风的女孩只有十六七岁，发梢的黄毛因汗水沾在了脸颊上，仿佛她永远定格在这个年龄。

她唱道：

有时我看着天空

有时我感觉你在身边

宝贝，我不会忘记你

不会忘记

我对伊瑞西斯说："原来月球上真正住着人类。"

"是啊。"他回道。

"终有一天我们会到达那里。"

他点头，我们拉住了彼此的手。

维罗妮卡

我看着今晚的月亮，马上要到一年中它最饱满的时刻了。我看着手上的《中世纪史》，我这几天一直靠它打发着时间，老实说，已到了麻木的地步。我早记不清那些烦琐的名字，只有数不清的兄弟之间争夺王位，国王以教皇名义开战，仅此而已。

那个女人不知去了哪里，她自以为看透了，她说：被奴役与劳动不可避免，对于多数过着流水线般的生活的人来说，人生唯一的意义就是下班后躺在沙发上收看电视的时光，这样的理由足以支持我们繁衍进步。若那是真的，我宁愿世界消亡。

父亲不知去了哪里，他总一声不吭地离开。多数人结婚，不过是为维持社会地位与交配权。

我在纸上画着一只飞鸟，在我想象中，它飞在海上一座巨大的要塞上空，它是唯一一只能飞那么高的鸟。教室里，经常从后面偷看我的那个男人，在桌上画画，有一次我无意中发现了，这未尝不是一件有意思的事。

“希望世上有更多有趣的事情。”我对着月亮许愿。

凡蕾莎

我做了一个很长的梦，在梦里，教授用他的老爷车载着我，在一片白茫茫的沙滩上行驶着，我们始终看不见大海。终于来到海边时，岸上有一顶红白相间的阳伞。

我们走过去，发现伊瑞西斯一人坐在那里，收音机里放着音乐。

他对我们说，我们可以随时离开这里，也可以一直留下。

起床时分，我躺在一张白色的大床上，阳光洒在白色的床单上，我旁边睡着一个女孩，伊瑞西斯睡在她的怀里。

我很久没有这么开心了。我闭上眼睛，决定再做一会儿刚才的梦。

2020/5/27
波士顿

城市波普简史

神不是你所看见的那幅油画上，戴头环的高加索人。
神是我们内心的愿望，亦是未知美好的代称。

1983 东京

Move

我实在不擅写作，这是我第一次产生写的欲望。总而言之，我想说的是：迪斯科是世上最美好的事物。

除此之外，我也不知道如何表达。

这是用来涂鸦的笔记本，这样的本子我画满了四五个，丢在家里的某处。有一天我想起了它们，母亲说早就扔掉了。我存在的记录消失了，我有时觉得，这是莫大的悲愤，我应该从此离开这个家，靠自己生活。其实也没什么，笔记的内容没人看，而我也会忘记里面的内容。

再说一次，我不在乎。我已经历了最快乐的事，即使没有人能理解，也无妨。

即使我从未和任何女人相爱，爱也永远在我心中。

此刻，黑板上面的时钟显示四点十五，上课的时候，它的指针总是停止走动。要说的就这些，过一阵子，记下这句话的本子，应该已经成了一堆废纸。但这种感觉，即使遭遇任何不测，也不会使我忘记，即使失去了记忆。

我有这种信心。

1983 东京

久我洋子

半年后，我们就是大学生了。经历了升学考试，享受着余下高中时光的我们，沉浸在前程理所当然一片光明的感觉里：我们即将拥有四年的精彩人生，而且那之后，我们也会成为优越的人。

在三月的夕阳下，之前暧昧的同学们成了情侣。我们模仿着大学生的模样，去看电影，打桌球，抽烟，坐晚班的电车回家。

许多曾经的朋友将分道扬镳。确定不会升学的男生，最后一学期已不来学校，开始帮着父亲送货。三月初的某个星期五下午，我们在通向车站的小巷子里，看见了系着白头巾的他，正从卡车车厢里搬出一个大木桶。他见到我们，只是淡淡点头。

上了同档次大学的人频繁聚会，原本形成两年多的团体，一场考试过后，又迅速重组。这真是奇妙的现象，也是没办法的事情。

似乎在我们阅读的文学作品里，这是一种值得批判的现象。而大家都觉得，这是理所应当的事实。

年轻的我们，只背诵过书本上的话，却领会了现实中这门区分人的艺术。这是因为父母的教导么？还是它早已刻印在人类的基因里？喜欢我的那个男孩也不和我搭话了，他似乎将直接就业。毕业典礼的那天，我们也没说一句话。看着夕阳印在摩天楼的玻璃上，我时常惆怅他人之不幸，而这样的念头，又被即将走向新的人生的喜悦，一阵风吹走。

1983　东京　汐瑠

Move

如椰子树与大海，夕阳对我有特殊含义。对于普通人，它不过肥皂剧的背景，陪衬高档轿车里谈情说爱的男女主角。

1985　东京　六本木

洋子

高中结束时，我们总觉得，世上最美好的友谊，会一直持续下去。事实上，到大学第一年末尾，见面的老朋友只剩下几个。

原来我们只需在眼前环境里，寻找认同感。

尤美子和我念了同一所大学，圈子不同，不过偶尔见面。碰面时，一半时间听她聊男人女人的事情；剩下时间叙旧，说当年同学的坏话，那些当年没说过、如今畅所欲言的话。曾经一起欢笑过的人，成了今天我们眼里的陌生人。

我们愿意分享这样的话题，因为笃信彼此会变得富有漂亮，而多数人不会——这实际上成了我与尤美子间的心灵桥梁。我不避讳这样的我，日记里，我想面对真实的自己。

八月的时候，高中的班长组织了同学会。尤美子并不热情，最后才决定和我一起前往。那天我和她打扮得格外时尚，一种扭曲的心理指使着我们：同学们不会认得我们身上的牌子，我们亦享受那不被认同的感觉。

单纯的班长，完全看不出大家的意图。当年的胖姑娘变得苗条了，身着亮丽的黄色香奈儿衬衣，染了黄头发，不停讲着与她纠缠的男人。我与尤美子装腔作势地吸着香烟，偷偷在洗手间里狂笑不止。我明明记得，两三年前，我曾拥抱过那个胖女孩。这件事后，我与尤美子间的羁绊，却加深了。

这或许不是重要的事情，但我记得格外清晰。

1986　东京　希望之丘

洋子

尤美子和我在一间俱乐部里认识了她的男友，他穿着白色皮衣，开着一辆银色的奔驰双门跑车。那段时间，我们常一起出去，到后来，他们两人进入了自己的世界，又一起交到新的朋友。

我变得寂寞，渴望爱。周日，我只想一个人躺在家里，看着窗外的黄昏，粉色的云朵飘过楼顶的广告牌。那是一则饮料广告，上面印着女人的红唇，柔软到可亲吻任何人。

大学还有不到一年就要结束了，我意识到将要步入社会，但我不想成为身着制服、乘坐地铁的人群中的一员；我意识到婚姻的重要，还有那些母亲常挂在口边、我又总是反驳的事情。

我更想享受最后的美好时光，没有烦恼能阻止我。

1986　某个地方

Move

我躺在一片白沙滩上，打开收音机，从夕阳西沉到晚上。没什么想表达的，我没有诗人的天赋，我所能做的只是感受。

不过还是说些什么吧。我白天在酒吧里打工，晚上在一间小俱乐部里暖场。我住在一间三十平方米的公寓里。有一个女人和我睡在一起，她是附近的公司职员，她不能带去遥远的地方。但我觉得很好。

1989 东京 丸之内

洋子

生活是一场幻觉。

我每天上班，做白日梦，下班，看电影，买衣服，交房租，到了月底工资清零，又开始新一圈轮回。日复一日，各种琐碎的事物，一个剪辑画面、一张唱片的旋律、地铁呼啸而过在黄昏留下的虚影，使我的记忆支离破碎，使得我忘记岁月流逝，生活的本质。

有时，我仔细端详着镜子里，卸妆后的自己，看看她是否已衰老。

或许岁月的诅咒不会降临在我身上，或许它只是时候未到，促使我虚度当下的人生。

我交了三任男友，妈妈不知道他们的存在，我和他们一起去过海边，发生过肉体关系。我希望他们带我去更远的地方，去太平洋上的小岛。前两个男人没有梦想，且希望我崇拜他们的交际手段，我们以吵架的方式分手。第三任男友拥有一辆纯黑的杜卡迪摩托车，眼睛如尖锐的刀锋。他渴望过游吟诗人的生活，因此甩掉了我，在他眼里，我是虚荣的女人。

失去他的痛苦是永久的，以致我不再指望未来过上当时那样的快乐生活。但我又很快清醒，我意识到，人只有靠当下的快乐，方可活下去。我需要巧克力、莫吉托、口红、高跟鞋、墨镜、沙滩和阳伞。失去了它们，我每日重复的工作，便没有任何意义。

我未对爱情心灰意冷，我深刻地认识到：一场好的婚姻对女人而言多么重要。我需要一个温柔、富有、英俊的男人，带我去往更加美好的世界，哪怕我们之间的爱，只停留在表面。

请实现我的愿望。

1990　某个地方

Move

过去的一年很棒，今年我二十四岁，制作了人生第一张专辑。直到去年，我才做出真正能展示给世人的深入灵魂的作品，但这不是要否定我之前的创作，回想起当年的热情，我的内心仍感受到温暖。

不得不承认，我是一名无名小卒，可能一辈子都是这样。我的作品引起了几个老手的注意，除了给别人暖场外，我还在派对现场兜售自己的唱片。我的手头比以前更紧了，我搬到更宽敞的阁楼里，因为我需要空间放置合成器和键盘。

和上一个女人分手后，我们做了朋友。

和以前一样，我很快乐，也有过很多苦涩的时刻。我生活在一个闪亮的年代，迪斯科演化成了崭新的音乐，它是充满爱的，怀旧的，反抗的，面向未知与未来的。我参与到了这场运动中，我们之中有无名小卒，也有闪烁的彗星，它是我们共同所见的幻想，我们共同创造的情景。

1991　某个地方

Move

爱是最重要的，没有爱，就没有创作。即使我的主角身无分文，没有才华，没有女孩子的追捧，我也无法不让他充满希望。它是我心灵的产物，来自大海边，粉色的天空下，一尘不染的空寂都市。我无法不爱它。

最近，我常思考生与死，如果今天是人生的最后一晚，而我已将心中所见，变成了真实的、可以交流的作品，那这么死去，我没有什么悔恨。我也期待着明天，只要活下去，便有更多的美好，等着被创造。

1991　东京　银座

洋子

尤美子的丈夫破产了。

我从大学的泛泛之交口中得知了消息。四月底的一个午后，我们在池袋的某间咖啡店认出彼此，她成了全职主妇，寒暄几句后，她说道：

“对了，你和尤美子很熟吧。”

“嗯。”

“那你知道，她的丈夫破产了么？”她刻意凑到我耳边。

我的表情平静。

“看来你已经知道了。”

尤美子从未告诉过我，她的自尊心绝不允许她说出来。

生活的恶意，常来自周围的嫉妒与闲言碎语，汇聚在一起，它们足以毁掉一个人的生活。大家不约而同参加了一场假面舞会，聚光灯的焦点是尤美子，在面具下，人们窥视着她在台上舞蹈，她跳到痴醉，脱去了身上的衣服，火热的视线使她兴奋难耐，亦刺伤了她的皮肤；台下的我们，诅咒她烧得更加热烈，亦沉醉于她香艳的肉体。

人的一生，永远被羡慕与嫉妒折磨着。即使我清醒地认识到它们在作祟，亦无法控制内心不被吞噬。哪个少女不喜欢看八卦杂志，盯着女星下垂的乳房，和她身旁年轻男模的胸肌？得知尤美子丈夫破产后的第二天凌晨两点，我赤裸上身，燥热到难以入眠，床头柜放着一杯威士忌苏打，冰球融化成了一层浑水，就像南极冰山因为臭氧空洞沉入大海。烟灰缸里堆着黑色的余烬，香烟与酒精混合在一起，灼烧着我的皮肤。我无法不让尤美子的身姿出现在脑海里，她的长发如银色瀑布，耳垂上挂着一轮圆月，修长的腿踩着漆黑的高跟鞋，只靠一根纤细的柱子，支撑着脆弱的平衡。

我羡慕她花朵般绽放的眉毛，丰厚的嘴唇，热情的古铜肤色上露出的一脸不屑。当我想象她丈夫的资产被查封，法院寄来一张张传票时，我能想见尤美子脸上仍将挂着桀骜。那并非源自心灵深处的力量，我深刻明白，那是为他人营造出的假象；而这种假象，即使经过了一场金融风暴，仍是所有人热诚追求的理想。

文人们觉得，泡沫经济破碎后，人心应回归朴实的生活，放弃虚荣的消费，放弃物质的美好假象，关心身边的人。事实是，所有人不遗余力营造着生活仍同过去一样的假象：手表，外套，跑车，与六本木的公寓，直到债务崩塌，有些人结束了自己的生命，有些人靠着谎言支撑着。

我不敢面对尤美子，不敢走上去说关心的话。我不想让最好的朋友知道，自己是可耻的偷窥者。

这是一场报应，所有人都罪有应得，而我们仍要让派对继续。

1994　佛罗里达　棕榈港

Move

美国是一串公路连成的广告牌、汽车旅馆和麦当劳。

这是我亲眼见证的真实的美国。我从一个前黑手党那里，花了九千美元搞到一辆白色的1980年哈雷开拓者。我从圣地亚哥出发，经过亚利桑那和新墨西哥的沙漠、得克萨斯和路易斯安那，再到国境之南，佛罗里达。

沿途经过了数不清的小镇：曾经的淘金者建立的中转站、囚禁黑人的棉花地；从一片无尽的沙漠到另一片荒原。这里是世界的中心，而它的每一片土地又像世界的尽头，土地上所有的人们都过着同样的生活：由教堂、便利店、加油站和白色的木房子组成。

我的疑问是：艺术缘何诞生于此？

到达佛罗里达西部的海岸线时，我已有了许多的灵感，它们来自十号公路，穿着超短牛仔裤、腰间挤出赘肉的金发女郎，路易斯安那旅店房间里的黑白哈雷摩托照片，傍晚群山间浮起的晚霞。日常的美国是一间畸形的牢笼，对于反抗者，生活在其间就是一场关乎自由与放逐的心灵旅程。

这里无疑是爵士与蓝调诞生的地方。

在西佛罗里达，白色的日光就是一切，海岸边一排白色的平房，行驶几个小时，周围的风景不会变化。

有时我不禁疑惑：人们究竟在哪里工作？除了成天晒在太阳下面，他们就无事可做么？

下一场演出在迈阿密，之后是亚特兰大，再之后飞往夏威夷，不同地方的人们知道了我。我第一次知道，世界上有各种肤色的人，喜爱着同样的事情。我的报酬能涵盖旅途的开支，我计划前往底特律与芝加哥。我发现了一首诗，它是真实美国的缩影；我意识到，任何美丽的事物都可以转化为音乐。这首诗内容如下：

神秘街

我们在一条
空旷的街上
走了很久

街角的小牌子写着
“神秘街”

深蓝的天空
浸入了地上的一切
加油站的广告牌
甜甜圈店里的摇滚

卡车的车灯

它们只照亮眼前的路

从一座小镇
世界的中心
通往
另一座小镇
世界的尽头

1995　东京　港区
黑泽洋子

生活是一场幻觉。

我的孩子刚诞生了，她们是没有作品的我留给这个世界的唯一印记。

我时常反思，我将你们带入这个世界，究竟是为了满足睡梦中的我所听见的你们的意愿，还是为了和你们父亲的精子繁衍后代，好让身为母亲的我，一辈子住在他的五层豪宅里？

我曾经后悔过，我看着镜子里的自己，不愿她老去。养育你们让这个年轻的肉体变得浮肿，失去光彩。

这样自私的母亲，我希望你们理解。

即便如此，我人生的目的，也是让你们从此快乐。

1995　东京　某处

洋子

你们的妈妈是幸运的人，在别人为生活挣扎，在她的好朋友深陷泥潭时，她被一位留着胡子、高傲亦文雅的男人选中。他和妈妈不同，他属于血统高贵的阶层，他的母亲精通插画，皮肤犹如三十出头；你们的外婆喜欢看电视，总是在电话里絮叨着别人的长短。

这样的妈妈被你们的父亲选中，要感谢她妈妈，给了一张脱俗的皮囊，亦要感谢你们的外公给了她温柔的性格。

你们的父亲拥有一座葡萄酒庄，和一间布满艺术品的酒店。他希望你们将来继承他的事业。看来他是个开明的人，不在乎你们生为女儿身。

抱歉，作为母亲讲述了残酷的事，但这是你们生而为人必须铭记的事情。

祝你们幸福。

1995　洛杉矶

Move

组合音色的规律是什么？它无法被回答，那是语言无法触及的领域。弃绝模式，解放感官世界——真相听上去像汽水广告的广告词。

我们曾否遭受过咒骂？太多了，它们来自学术权威、自以为是艺术家的商人、心胸狭隘不得志的人。

神创造了两种人，一种能与我们共同感受，另一种永远无法感受。

神不是你所看见的那幅油画上，戴头环的高加索人。

神是我们内心的愿望，亦是未知美好的代称。

1996　东京

洋子

我从小向往美丽的外表与财富，但我一生只爱过一样东西，就是迪斯科。

那是一种真诚的感觉，不夹杂任何谎言，也无需解释。

我为了虚荣，欺骗过朋友，也欺骗过自己，但我不必为了音乐骗任何人。电视节目里的专家，为了是否降息争得热火朝天，他们总想说服另一派。而喜欢同一首舞曲的人会有相同感觉，不需要语言确认，仅靠那一刻内心的感受，他们已联系彼此。

有一首歌，每个经历过霓虹时代的人，都听过：

无需语言，无需交流，无需语言，无需交流……

热情的女声，直白的bassline，周而复始。它的作者叫Move，我从未见过他，亦未听人谈起过他，这像一场飘忽的梦。

迪斯科是我心中唯一的净土。

我的孩子们，妈妈一生的愿望即是，长大后的你们，能与我感同身受。我已被现实压得不堪重负。

有时，你们的父亲看我的眼光，已不再是他的妻子，而是他孩子的生育者。不要误解我，妈妈绝不会暗示你们去记恨父亲。你们要理解他，给予他快乐。

你们的爷爷，该怎么说呢，有时候，我觉得，成人世界的一切都是为了他们那样的人而运行，我们围在他的身边，像宫廷里的小丑，跳一支舞，只为得到国王赏识的金币。

你们的爷爷用那种特殊的眼神看我，我很清楚，因为我是女人。他或许从我眼里，看见了年轻的自己。这件事，我从未跟别人说过，就当作母女之间的秘密吧。

唉，还有许多事情要做，可我每晚哄你们入睡后，只想灌下一瓶红酒，放空自己。

我嫁的是我老公，而不是他的家族。

我曾感到后悔么？

没有夫家，现在的我不过是东京数百万女人中的一个，在泡沫和香精中漂浮着，回过神来，才发现那不过是洗衣机中一点涟漪。

我想起了尤美子，不知她最近怎样，我们许久未联络了。

1997　底特律

Move

世界会愈加浑浊么？无从得知。

科技会使人进步么？不会。

重要的是精华部分：合成器、黑胶、调音台、303、808、909……

我会变得浑浊么？永远不会。

人类的结局？我无法想象。

我能感受到的，仅是一瞬间的喜悦和永恒的温暖。

1998　东京　希望之丘

洋子

尽管经过数次搬家，我的日记仍一直保留在化妆盒的抽屉里。我舍不得扔旧东西，当你彻底丢掉某件物品，打开那段记忆的钥匙也随之消失。结婚前，我将喜欢的衣服、鞋子、杂志和唱片放在了娘家的储物室。我的母亲无法理解它们的价值。在她眼里，物质是没有灵魂的，在物质飞速增加的年代，家电的使命即不停运作，直到被新产品淘汰掉。

未来某一天，我回到阔别的老家，她会一如既往躺在沙发上看电视。当我问起："妈，你还记得我那些旧杂志放在哪儿么？"她会漫不经心道（伴随着电视里搞笑艺人的夸张语气）："啊，早丢掉了。"

母亲便是这样的人，一生在和肥皂剧、邻居与美容产品打交道。她也有过年轻貌美的岁月，卧室里挂着二十二岁的她与我爸的合影。她的青春从我降生后，戛然而止。

我爸爸是个英俊的小男人，喜欢美国电影，年轻时颇受欢迎。靠这种优势，赢得了一个漂亮小姑娘（我母亲）的芳心，谋得了一份中产阶级认为体面的小差事，从此知足常乐。

我问过自己：他们曾否追求过真正的爱？有过无法忘怀的朋友？最喜欢的音乐是什么？我不知道答案。

母亲总絮叨着，女人该嫁个有钱人，而当我正式嫁入黑泽家，她却没有喜出望外。父亲则是难以置信，他从未设想，如此命运会降临在自己的家庭。

我的婚姻生活真正开始后，爸妈感到的更多是隔阂，黑泽财团的恩泽并未带他们离开周五晚上收看黄金档的生活；一年内见到孙女知世与知美的日子亦屈指可数。至于原因嘛，你也知道，婆婆瞧不上我这普通人家的丫头，而我的父母似乎也未受打击。

爸爸妈妈如果私底下难过，我会过意不去，毕竟这是女儿自作自受。

我有个野心，即得到黑泽家的财产后，带着两个女儿旅居，回到年轻时的快活日子——与男人交欢、舞池里舞蹈、尽情文身。

现实是，即使我在活着的每一天都当好模范母亲，亦不能指望在有生之年得到一份财产，除了一张高额度的信用卡。

毕竟，公公临死前立给我的信托，一分不差攥在他老婆和另一儿媳手里。说到底，这段婚姻不过是少爷看上了漂亮女人，而他老子亦瞧上了这娘们儿，苦于太老，已无法重振雄风，才让儿子娶了女人。老爷子咽气儿后，他的老婆，一个绝经二十年的女人，便毫不留情地把对这小荡妇的恨挂在脸上。

我干脆写部剧本好了，女主角就是我，剧名是《癞蛤蟆想吃天鹅肉》。

在六月东京的酷暑下，希望之丘的午后却格外温和。小学生的粉色书包、书店窗前的黄百合、种种让年轻女白领心动的元素，使坐在咖啡馆里的她们叹道：“啊，这是我想要的生活。”上大学时，我们总瞧不起来这儿逛书店的女文青，她们清新的文学品味和雅致的生活方式。在她们眼里，我们堕落，庸俗。我们也不以为然。

最近我有了新视角。当我看着街道，会过滤掉过往人群。

从折射到玻璃上的倒影到邮筒上褪色的铁锈，一切令我沉醉，没有嫉妒的目光、嘈杂的话语，只有景色的世界，多干净。

我从手包里取出一根 0.4 厘米直径的薄荷香烟，尼古丁刺激我的肺，焦油再从口腔排出，才有了片刻摆脱母亲身份的感觉。

我的两个女儿去上绘画课了，老师是个戴着鼻环的文身女青年。这是我最后的倔强，我希望她们成为有想象力的人。

我踩着高跟鞋，摇晃地朝着坡下走去。生完孩子后，我为了回到原来的身材，每天只吃一顿饭，从那之后，再加上失眠，我便时常干呕。

在十字路口，有家叫“香蕉”的黑胶唱片店，店的标志是一根腐烂的黑香蕉。我上大学前，它便在那里。

我一身红黑色长裙，披着黑披肩，戴着黑面纱，走进了这白色的房间。它的正中央摆着一个胡桃木制的黑胶碟机，很久以前，它就在那里，从来没变过。

我看见了粉色背心的少女，露出背上百事可乐商标与椰树的文身。一个身披白袍的卷发男孩，从镜片后打量着我。

他大概在思考："这个女人，属于我们的世界么？"

店主是个白发老人，很多年前，他的头发就白了。他应该不记得我，这间八十平方米的商店见证了一个时代，其中许多人英年早逝，许多人被忘却，许多人留到了现在。

我看着架子上新的唱片，已认不出作者的名字。我的目光落到了打开的抽屉，里面堆着怀旧的碟片。

我取出了中间的一张，黑色的圆弧上只印着几个灰色的单词：*Grooving Move Remix*。歌词是这样的：

As we dance to a beat that seems out of time

To the one you feel in the metronome of your mind

Does it offend you that our rhythm looks strange

Or causes you thinking to be rearranged

Could it be that you would understand this beat to which we dance

More clearly had you been given a chance

So as you struggle to find the feel with your feet

Ask yourself, can you dance to my beat

时光扭曲，我们随律动而舞，

至大脑的节拍，你诚心所受。

我们的节奏诡异，令你恼羞？

抑或是我们的节奏让你思维重组这件事令你恼羞？

倘若给你机会的话，你是否就能更清楚地理解我们舞蹈的节奏

所以，当你挣扎着步伐，

询问自己，是否能跟随我的节奏。

这首诗我们人人会默念，至于意义，没有人纠结它的意思，只要你随着迪斯科球舞动，一切就如水珠进入毛孔，身体在海洋里漂浮。

“Move”。我看着这个名字，它所代表的意思是运动，代表的意志是用身体感受。他是我梦中的男人，没有面庞的天使，陪我度过了飘忽的九年。

我想起了许多人，他们存在的记录仅仅是胶片上的几个字母，没人知道他们在哪儿，爱的人是谁，去往何处。

我只能认为，这是来自天堂的编码。

“真奇妙。”我自言自语。

“明明过了那么久，这首歌的歌词我却仍然记得，它似乎嵌入了我的心间，就好像，在降生前，灵魂就已看见它。”

我沉浸在对那首歌的遐想中，好一会儿才意识到身边站着一个戴黑墨镜的男人。竟未察觉到他。

他未说什么，只是点点头。

他皮肤晒得很黑，留着浅浅的胡子，像是外国人。

我感到尴尬，羞赧地侧过脸。

“别在意。”他微笑着，拍拍我的肩。

“谢谢你。”我心跳加快，下意识握紧了手指。

他从黄色沙滩衫里伸出健壮的手臂，拿起我刚放下的那张碟片，说道：“我只是高兴有人这么说自己。”

“嗯。”我低声道。

我们又各自回到了最初的状态。

我又找到了几张旧时的回忆，回过神来，那个男人已离去。

我急忙跑出去，向左望去，他的背影正好在我视线之内。

“请等一下。”我抓住他的肩膀。

他转过头，下巴懒散地对着我。

“怎么了？”

“你是 Move 么？”

我清楚感受到，墨镜后的眼睛，在凝视我，那眼神不是初见的陌生人，而是许久未见的朋友。

他点点头：“是我。”

“太好了，我终于知道你是谁了。”我喜悦地喘着气。

突然，他用力握住我的手臂。

“你是 Yoko（洋子）么？”

我困惑地望着他，明白了答案：

“你是健……”

此刻，只有泪水能表达我的心。

三浦健是我的高中同学，我们曾是要好的朋友。他的绰号是Johnny（乔尼）。父亲是美国大兵（我们私底下称之为黑鬼），他和一个被他强奸的日本护士结了婚，生下了乔尼。

如果今天没遇见他，我大概会以为，乔尼就像其他混血，在某个地方贩卖水货，惹上麻烦，再跑到另一个地方。我又意识到，他曾是最了解我内心的人，除他以外，世上没有别人可以成为音乐家Move。

“要去喝一杯咖啡么？”我问他。

“好啊。”

一路上我们无话，然后，格格不入地坐在一家粉色冰激凌店。

我咬了一口勺子里的香草，甜腻的奶油融化了舌头。

他桌前摆着一杯阿法奇朵，乳白的冰激凌球浮在黑色浓浆上。

“你去了很多地方吧？”我看着店门口一米高的玩具甜筒，在阳光下，它绽放出白百合的光泽。

“是啊。”

“真好啊，我一直留在东京，这个燥热的地方，很无趣吧。”

当年的日记里，我回避了与乔尼分开的真正理由。上体育课时，他跑起步来像一头莽撞的牛，让我想起奶奶家那只狂奔的小狗。他是我第一个梦中情人，高大，谈不上英俊，有些脱离现实。我爱听他讲述我幻想不到的世界：有的人一辈子活在地下，有的人只生活在屋顶；一个神秘组织，在东京各处巷子和地铁站里留下神秘的猫涂鸦，放学后，他甚至带我去了其中一处。

我甚至幻想过，让这个异域男孩成为我的男友。我们彼此分享了琐碎的秘密，从我的内裤颜色到他如何爬上女邻居的屋顶。直到我认识了尤美子，学校里最闪耀的女人，进入她的团体，才满足了我作为少女的所有虚荣心。随之，我与乔尼的相处也特别少了。

直到十月中旬的那天，我走出教学楼，飘落的红叶飞进了嘴巴。尤美子和少女们聚在校门口抽烟。

她看见我，说道，“洋子。”

“怎么了？”

“你居然在和健交往？”

“你是说乔尼么？”

“他的父亲是黑鬼。”

“黑鬼？”我有些不解这个词的含义。

“黑鬼啊。”她吐出一口烟圈，继续道，“他的老爹是黑人，美国大兵。”

“他强暴了军营里的日本护士，才有了健这个杂种。”

我怔在原地，乔尼从未跟我提起他的父母。

好像过了十年，我的思绪才回到眼前；实际上，不过数十秒。

“东京很美啊。”他回答道。

“是啊。”我茫然地回应。

“你现在生活在哪里？”

“我住在洛杉矶，没有固定的家。”

“这样，你爸爸在那里？”

“不，他在加州的奥克兰。”

“那边的生活怎么样？”

“你是说我老爹么？他整天摊在阳光下，喝得烂醉，和其他的老爹一样。”他笑着摊开肩膀。

“那一定很辛苦吧，听说你毕业后，和他回了加州。”

“和他？不，我在出租屋里度过了七年。”

乔尼摘下墨镜，睁开细长的眼皮，温柔地看着我。

我不知如何作答，咬下一块雪糕，捂着嘴唇，哽咽道：

“天哪。”

我们不约而同笑了。

“九三年的时候，一个杂志社的编辑介绍我到美国演出，我借着机会回了趟奥克兰，见到了老爸，你猜他见到我做的第一件事是什么？”

“什么？”

“我们俩坐在一张破沙发上，什么也没说，硬生生喝掉一整瓶五十三度的朗姆酒，接着他昏倒在沙发上。凌晨三点的时候，他起来吐在了外面的垃圾桶里，回来后，对我说了第一句话：‘乔尼，你有三千美元吗？’”

多熟悉的感觉，乔尼讲话时，我总是那个傻笑的姑娘。

“你给了他么？”

他点点头，咽下一口浓咖啡，接着道：

“那时我根本没钱，到了美国后，我如果没法每周末演出两场，立刻会交不上房租。”

“但是，”他又挖出一勺冰激凌，继续说，“我很感激老爸，在奥克兰的一个月，他教会了我演奏爵士鼓。当兵前，他曾混过几个乐队。”

“你爸为什么要当兵？”我努力提出这个问题，有件事情，我必须说出。

“当兵？因为日本有女人，他就去了，也许从日本归来的黑人那里听了不少吹牛事迹吧。”

“健。”

“怎么了？”

“你还记得尤美子么？”

“记得，那个漂亮女人。”

“尤美子是我最好的朋友。”

我鼓起勇气，将那个秋日下午的事告诉了他。

“我大概明白，那时候哪个老师先传了出去，然后所有人就知道了。”

“你不怪罪我么？”

“当时或许怪罪过，但是……”

“但是什么？”

“当时发生了一件好事，让其他事都不重要了。

“你们离开后，我才发现了迪斯科，我该感谢你们呢，若不是那样，Move兴许不存在了。”

“才不会。”我答道。

“我们不是说过么，那是蕴藏在灵魂的旋律，肉体降生前，便已存在。所以无论发生什么，我们都能找到它。”

他戴上墨镜，摆手道：“没什么，这点遭遇不算什么，我老爸那个年代，黑鬼不知受了多少苦。”

天花板的冷气阵阵袭来，在玻璃外的光线下，不到十分钟，冰激凌球化作了一摊奶油。

“洋子。”

“怎么了？”

“如果我们那时候多交流一些，或许会一直见面吧。”

“是啊，不过我们现在也是朋友，不是么？”我笑道。

“你什么时候来的东京？”

“来了有一阵子。”

“你有女人了么？”

“曾经有过。”

“我有两个孩子了。”我别过脸。

“他们多大了？”

“四岁半了，两个女孩。我刚送她们去学画画。或许我该送到你这儿，学做唱片。”我笑道。

“你老公会杀了我的。”他摆手道。

顺带一提，我们的文化有个官方名称，叫地下音乐。不过我们从未有身处地下的感觉，对于我们，我们的文化就是一切。

“是的，他的确会杀了你。”

我们又相视一笑。

我从未和丈夫说起自己的爱好，仿佛在他的文化里，爱好天生已被无视掉。在我们第一次上床时，我的左腰上文着一棵黑色的棕榈树，结婚前，我默默地抹去了它，消除文身的痛，犹如开水灼烧皮肤。

“我嫁了个有钱人。”我干脆道。

“那很好，女人没了钱，很难保持美丽。”

“可是我只有零花钱，我公公死了，他给我一笔钱，被婆婆和另一个儿媳吞了。”

我摆出一副上流人苦恼的样子，立刻又觉得傻气十足。

“婆婆是什么？你丈夫的亲戚？”乔尼困惑地望着我。

在乔尼的世界，怎会有这样污浊的存在？

他的嘴角挂着一丝淡淡微笑，好像所有事情都无所谓，所有事情都可以坦然接受。我问乔尼：“你觉得我能离婚，带着孩子们离开么？”

“也许你不带走一分钱，就可以带着自己离开。”他坦诚地说。

我别过脸，冷笑道：“我真傻啊，我以为你对这些事情，一窍不通。”

“金钱的规则哪儿都一样，不是吗？”

我叹了口气：“算了，这些无所谓，重要的是，你成为了Move，你到达了那个世界，而我们只能做普通人。”

我们陷入沉默，乔尼不擅撒谎，我知道他无法编造安慰的话。我们索性就这样沉默下去。

“洋子。”

“嗯。”

“我有些话跟你说，跟我来一个地方。”

我没有问去往哪里，只是随着他穿过十字路口，沿着坡道下行，与川流不息的人群擦肩而过。

我们走进一条小巷子，墙壁上贴着一幅海报：一张白皙的女人脸，正躺在白沙滩上微笑。底下粉黄色的字母写着：维珍椰汁。海报上除了海浪，没有别的液体。

我恍然发觉，这张女人脸无处不在，从整形医院的广告到面霜的代言人。她就是东京的化身，所有人的现实重叠产生的虚影。

乔尼引着我，走进一扇生锈的铁门，楼道里堆满了杂物，以及奄奄一息或者已经倒闭的公司留下的碎片；从窄小的楼梯走上去，消毒液与尿骚味混合在一起。我踩着微颤的高跟，只能牵着乔尼的手。经过数十次往返，终于来到屋顶。

黄昏穿透了我的面纱，我睁开眼睛——大厦的楼与楼之间，鸟儿、广告牌与汽车跳动，在光与影下，成为了玻璃面上转瞬即逝的幻影。

“你知道么？”乔尼说道，“我死后想上天堂。”

我恍惚地看着半空中的城市，街上的躁动，升华成泡沫。

他面朝天空，继续说道：“每当我完成一首作品，就觉得天堂离我更近了，我所梦见的越发真实了，这么一直下去，直到我死的那一天，便会看见真正的天堂。”

“是啊。”我说。

“究竟是谁创造了这一切？”我问道。

“你是说迪斯科么？”

我呢喃着：“不仅是迪斯科，霓虹灯，合成器，粉色的天空，椰子树与大海，一切的一切。”

“这是我们共同所见的存在，但起初，它们只源自一群人。”

“哪些？”

乔尼转过身，平和地看着我，嘴里含着无尽的善意。

“黑鬼。”他说道，“最初，黑鬼创造了一切。”

“很难以置信吧？”他咧嘴笑道。

“不……”我回答。

“黑鬼的确创造了一切，从夏日四十摄氏度、没有出口的棉花地到冬天冷得要死、被尘埃遮住的汽车厂。”

“你感到无法相信么？”他诙谐地说。

而我已无法言语。

乔尼又望向天空下的城市：“起初，我也无法相信，直到我亲自前往了那些地方。”

他又看了我一眼，继续道：“那里，真的是世上最无聊、最没有希望的地方。他们就是从那里开始，让这一切，一点一点变成现实。”

我无法记得过了多久，只知道我们站了很久，天空褪成淡蓝色，我甚至忘记了知世与知美。

之后我紧紧地依靠在了乔尼的怀里。

我问他：“你愿意带我走么？”

曾经，我问过第三任男朋友相同的问题，我得到的答案是不，因此我觉得，无论如何，也不会再让它发生。我把孩子们忘在了外面，回到家后，被婆婆骂得狗血喷头，可我未听进一个字。夜晚，我坐在床边，看着两个小可爱，她们睡在天使的花园里，知世的鼻子和我一模一样，就像她熟睡中枕头的曲线；知美的眼睛和我一模一样，悲伤的时候很认真。

我的包里放着两张明晚六点飞往夏威夷的机票，像乔尼说的，他们绝不会允许我带走孩子，我作为母亲，只能卑鄙地逃离，哪怕仅为了一时的美梦。

我看着窗外的月亮，它浑浊地悬浮在空中。

1998　东京　羽田国际机场

Move

我几乎不抽烟，而在漫长的等待中，我已抽掉了两包烟。

我无法不直面自己的内心。洋子是我最爱的女人，可我无法为她献出生命，因为我的灵魂必须同音乐前往天堂。如果说我的墓园在大海，她就是沙滩边的椰子树，我无法不想她。

我也知道，实现我们的愿望是艰难的。如果你无法跨出那一步，也无可厚非，黄金在天上飞，抓着它的人总不愿放手。

我最希望的是，你能永远与我感同身受。失去灵魂的人，心灵会随着肉体变得浮肿不堪。如果那样的事情注定发生，我仅能祈祷，请神仁爱你，让你青春永驻，美丽如春。

2020/6/24

粉红天空

她轻快的舞步在粉红色的光下变幻，戴眼镜的矮子十分沉醉，闻得见每一个音符的气味，传出粗糙的钢琴声、贝斯声及古怪的铃铛声。

1

他要寻找月租低于三百美元的地方，过去六年，他尝试在布鲁克林某间被雨淋湿的阁楼里，成为伟大的诗人。实际上，即便他成功了，也无法逃避维持生活而必要的枯燥劳动，与他人的漠视。

临走时，他将许多诗稿留在了地板上。

他来到了车站，不知去往哪里。任何在日光下被遗忘的便宜小镇都是好的。

我们的主角，随意挑选了一趟列车，走了上去。车厢里，一个肥胖的老女人躺在椅子上喘息，她的皮肤布满太阳斑，足以证明一个人躺在摇椅下孤独的时间。她的膝盖支撑不了多久了，睡觉的时候，好像随时会在睡梦中逝去。

一个金发少年坐在前面，用耳机将自己与世界隔断了，他背着一把吉他，看上去是从家里逃出来的。

三个人坐在一间车厢里，习惯了旅途的彷徨。

健壮的黑人列车员穿过走廊，他的黑色风衣像是从战场上穿回来的。

车门关上了，景色开始流动，夕阳对城市施了一个魔法，让所有人都消失了。主角看着窗外，闭上了眼睛。

他醒来时，列车停在了一个陌生的夜晚，新月下的树林遮住了站台，戴耳机的男孩背着吉他下车了。十年后，他的名字也不会出现在某张海报上，他会继续弹奏吉他，默默流浪。

列车继续开行，肥胖的老女人从噩梦中惊醒，四周张望，车厢内的黑暗令她茫然。主角从后面窥视着她，想象着她的生活——对着深夜电视，暴饮暴食。

老女人回过头，与主角对视了两秒钟，她的眼神充满偏见——对穷人的偏见，对世界的偏见，主角早习惯了这样的目光。

“小伙子，要不要来点儿？”

说着她从紫色的书包里，取出一大包巧克力威化饼干。

主角只是腼腆地笑着，没有说话。

“来点儿吧，小伙子。”她嘶哑地叫道。

主角走了过去，坐在与她隔着走廊的位置。甜腻的玉米糖精在他的舌头上融化，啃下第三块之后，他感觉到胃在犯恶心。

“怎么样，再来点儿吧？”女人露出圆形的牙齿，大笑道。

“不了。谢谢您。”

老女人还是硬塞了一块儿。他勉强自己咽了下去，因为这样呢可以省去一顿饭的费用。

“你从哪里来？”老女人问。

“我出生在罗德岛，之后搬到了纽约市，现在又要上路了。”

“去哪里？”老女人吮着指尖的巧克力。

“不知道。”主角腼腆地一笑。

“你在流浪吗？没有工作？”

“算是。”

老女人用油腻的手拍了下主角的肩膀：“这不怪你，孩子，这个国家要完蛋了。”

“为什么？”

“太多的移民，亚洲人、墨西哥佬、黑鬼和老鼠一样，到处都是。”

“如果我是黑人，您还会给我巧克力饼干吗？”主角笑着说。

“不会，不过……”老女人认真地看着他。

“不过什么？”

“不过我们都是可怜的人，并非自己选择要来到这个世界上的。”

“我明白了。”

主角转头望向窗外，密林中掠过一条影子。此时，黑皮肤的列车员又一次穿过走廊，他似乎躲在后面偷喝了酒，双眼麻木。

“您要去哪里？”主角问。

“我吗？”老女人又从包装里抓出一块巧克力饼干，“迎接我的死亡。”

“在哪里？”

“佛罗里达。”

“从这儿过去要两天两夜。”

“我知道。这是我最后一次旅行了，我要好好看看周围的风景。”

“您觉得风景怎么样？”

“很普通。”

列车的轨道在郊外的工厂、森林的白房子间穿梭，如果没有地图，你永远不知道自己在哪里，每个地方看上去都一样。

“到了那儿您有什么打算？”主角问。

“我找了一间不错的汽车旅馆，在一棵大树下，走路到海滩五分钟，没什么人。”

“之后呢？”

“我会在那里迎接死亡。”

主角仿佛看见了她肥胖的尸体腐烂在床单上，被苍蝇环绕。

“您有家人么？“

“有过。”

“他们现在怎样？”

“我不知道，你呢，小伙子？”

“他们住在马萨诸塞州的多切斯特。”

“你们不联系么？”

“不常联系。”

他们意识到这个话题无法进行下去，便沉默地别过脸，看着车窗上跳动的光影。

五分钟后，黑皮肤的列车员又茫然地穿过走廊。

“嘿！”老女人喊道。

他转过头，表情像杀过人，并且习以为常：

“怎么了？”

“你在喝酒！”她指着他笑道。

“所以呢？”他继续麻木地看着她。

“分给我一口，不然我就举报你。”

他面无表情地说：“你不如花钱买。”

“给我一口。”老女人又叫道，伸出了手。

“见鬼。”他叹了口气，从黑色夹克内侧取出一个银罐子。

“别喝太多。”

“放心。”

老女人将琥珀色液体，倒入了蛤蟆般的嘴巴里。

“哈！带劲儿！”

她用粗短的手指擦去嘴角的威士忌：“好了，我想你应该再分给年轻人一点儿，他很眼馋。”

主角含蓄地摇头：“没有，我没有，谢谢您，不用了。”

列车员打量着他：“你多大了，孩子？”

“二十五岁。”

他看着这个年轻人，一件松垮的绿色外套裹着他瘦弱的肩膀，鼻子很高，棕色头发蒙上了蓝色的眼睛，一个萎靡的白人青少年，大概十七八岁。

“真的？”

“是的。”

“来吧。”说着老女人将瓶子递给了主角。

“喝一大口。”

“一小口就好。”

“喝一大口！”老女人突然怒目而视。

主角刚举起瓶子，老女人一把按住他的胳膊，酒不住地流进他的喉咙，他咳嗽着，酒顺下巴流到脖子，老女人才松开了手，他朝着地板干呕了好几声。

“天哪。”

他抬起头来，感觉到燃烧的内脏，咳嗽到眼泪出来了，眯眼望着老女人。她在大笑，高大的列车员原本面无表情，这时也笑了两声。

“这才对嘛。”老女人说，“感觉怎么样？”

主角靠在椅子背上，全身松软下来。一阵能量从生命深处涌了出来，使他感觉到自己能毫发无损地，穿过生活的火焰。

“还不错。”他扬起嘴角。

列车员收起瓶子，背对他们说：“好好享受这个夜晚。”之后没入了阴影中。

“谢谢你，黑人小伙子！”老女人朝他挥手。

随后对主角说道："你知道嘛，孩子，在你出生之前，我们可以自由地使用黑鬼这个词，我们可以辱骂任何人……"她仿佛从车厢尽头的黑暗中，望见了过去，叹息道，"可以辱骂任何人。可现在不行了，如果你对着一个脏兮兮的清洁员说'黑鬼'，他们会曝光你，你会丢掉饭碗，你是一个白人，却在这个国家一无所有……"

主角平静地看着她，他的内脏燃起熊熊大火。

老女人接着说道："这里是美国，我们应该有言论自由，不是么？"

主角没有说话，过了十四秒钟，问道："如果你刚才对他使用了'黑鬼'这个词，会怎么样？"

老女人意味深长地看着那片黑暗："我不知道，也许我该说出来，我已经老到要腐烂了，我应该行使我的自由，不是么？"

主角望着那片黑暗，缓缓地说："我觉得他会取出一把刀，捅死你。"

"为什么？他没那胆子。"

"我觉得他可能干得出来。"

"哈，好吧，你们这些左派的小子，你的父母也投票给了奥巴马么？"她摆手笑道。

"不，他们是资深共和党人，与酒鬼。"

"哈，替我向他们问好。"老女人又用油腻的左手拍了拍他的肩。

“你呢？”

“我不投票。”主角说。

老女人的神情又严肃起来，她下巴与脸颊上的肥肉，使她在黑夜下像一名深沉的思想者。

“但是孩子，我们是一样的。”

“我们是指……”

“所有人，除了有钱人。”

“为什么？”

“我们只有靠更多酒精与糖，让自己腐烂，才可以活下去。”

“为什么？”

她又用油腻的手拍了拍他的肩膀。

“因为生活永远是痛苦的，只有短暂的快乐能短暂地胜利，明天，又将回归黑暗。”她好像从空中抓起一把粉末，散落在面前，闭着眼睛，将痛苦吸进了鼻腔里。

“我不知道。”主角说。

老女人笑了笑：“别担心，孩子，总有一天，你也会和我们一样。”说着从包装袋里抓出三块巧克力威化饼干，塞进了嘴巴。

“你的父母只是两个爱酗酒的白人，你一无所有，你没有希望……”

一阵风，列车驶入了隧道，黑暗降临了，一阵阵风吹过。

“我不知道。”主角说。

之后，她昏睡了过去，眉头微皱，张着嘴，在与睡魔抗争。

早上六点钟，主角睁开眼睛，从车窗外看见了平凡的海滩，一个小女孩在从沙子里捡起什么东西——什么都没有。她父母潮湿的蓝色木屋就在旁边。一片树林，接着是大桥，寂静的工厂立在大海边上。

之后，白日又出现了，它映在了深蓝色的椅子上，白日永远会出现，因此你也不用期待它。

昏睡的老女人醒了过来，拖着肥硕的身躯，走向洗手间。她在座椅之间的走廊摇晃着，每一步都像腿断了的人在医院做康复训练时那么艰难。

过了三分钟，她皱着眉头从洗手间走出来，好像经历了极大痛苦，回到座位上，闭上双眼，面朝天花板喘息着。

“上帝啊。”

“列车员！”她大叫。

一个白皮肤的列车员，面带小镇男孩的憨厚微笑，走了出来。

“怎么了，女士？”

“还有多久到德克夏尔？”

小伙子看看表，抬起头，又露出憨厚的微笑：“还有四十分钟。”

“好的……”她松了口气。

“妈的，我快要坐死在车上了。”她的脸颊流下虚汗。

“您要在那里下车吗？”主角问道。

“是的。”

“去干吗？”

“看望我的儿子。”她艰难地揉着后腰。

“我要去见他最后一面，之后独自迎接自己的死亡。”

之后，主角没有再问她别的事情。周围的景色在教堂、白色的房子和草坪之间重复，随后，抵达德克夏尔。她站了起来，拉开拐棍，背上紫色书包，用潮湿的手拍了拍主角的肩。

“再见，小伙子。”

“再见。”

她走到车厢前面，找出自己的银色行李箱，临走前，主角叫住了她：

“您叫什么名字？”

“什么？”

“您叫什么名字？”

“琳达。”

“再见，琳达。”

“再见，孩子。”

车厢里又走上来几个单身男子，典型的小镇居民，穿着图案已被洗掉的短袖。列车继续出发。

主角拿出手机，点开记事本，他想写一首诗，而很多意思卡在了内脏里，好像随着昨夜的那瓶烈酒一起燃烧了。

2

主角决定下车了，没有特别的理由。

车厢里只剩下一个昏睡的白人，灰色帽衫套着瘦弱的四肢，手臂上的青色文身已褪色，他没有行李，也不知要去往哪里。

主角在心里与他告别后，下了车。站台位于车站二楼，列车离开后，天空露了出来。灰色的城市，被洒上了和煦的阳光。不远处，五座高楼错落着，那里大概是市中心。

他走下台阶，没有人，推开大门，一个黑人站在马路旁打哈欠，他似乎是唯一的工作人员。

“你好。”主角说。

黑人神情诡异地看他一眼，不理解为什么眼前出现了一个白人孩子，将他从白日梦中拽了出来。

“你需要什么吗，孩子？”他的嗓音有些滑稽、嘶哑。

“我刚来到这里，我想找一个房屋中介，最好便宜点儿的。”

“房屋中介？”

“对。”

“你要搬到这里？”

“差不多。”

“哇哦。”他吐了口气，好像生活又有了乐趣。“房屋中介，让我想想。”他指着一座红白色的塔楼，位于火车站与市中心中间。

“看见那座塔楼了么？”

“嗯。”

“那是最棒的公寓。”

“对我来说太贵了。”

“孩子，”他平和地面朝主角，“你大概是几年来第一个新居民。”

他指着被阳光染成粉红色的塔楼，说：“去吧。”

“这地方很久没有人来了么？”主角环顾四周，街上空无一人，洗衣店的牌子上只剩下一半字母，两辆三十年前的汽车停在路边。

黑人浪漫地叹了口气，仿佛听见了一首过去的情歌：“我们被遗忘了很久。”

“你需要顺风车吗，孩子？”

“不了，我走过去。”

“祝你好运！”

“这里叫什么名字？”穿过十字路口，主角回头喊道。

“拉尔夫特！”黑人喊道，随后又踱起了步，回归他的白日梦。

主角走到拉尔夫特的街上，五分钟没有看见人，这里貌似与美国上万个平淡小镇没有区别，又不太一样。他不知道自己在地图上哪个位置，甚至一度怀疑，这里是否存在，而他还在列车上做着梦。

两个穿短裤的黑人孩子，骑着成年人的自行车，从街道上飞驰而过。主角在陌生的街道上继续走着。他来到一片棕色的联排公寓前，院子的草坪很干净，一个红褐色皮肤的女人在烧烤，透过烤肉的烟雾，迷迷糊糊地望着过路人。

城市中心的路是斜的，一辆 1972 款的黑色道奇跑车，闯过了停滞的红绿灯。街边的长方形大楼是希尔顿酒店，墙壁上的窗户像是用打字机印上的黑色方块——一座巨大的幽灵。

他仿佛看见，灰色透明的雨点，落在空荡的城市间。

红白色的公寓在太阳要落下的方向，不同于整个城市的灰冷色调，散发着四十年前曾经富裕的白人中产阶级情调。暗淡的金色门牌上，印着斜体的字母：幸福塔。推门走进去，红地毯有些褶皱，两边摆着白色花瓶，插着腐败的假花。

电梯缓缓上升，如同衰老的人爬楼梯。到了三楼，他走向红地毯的尽头，玻璃木门上挂着金色牌子：管理员办公室。

他推开了门，办公桌后，一个黑人老头在阅读一本小册子，他的西服很考究，尽管他每天的工作只是一个人面对寂寞的大楼阅读。

“你需要什么，年轻人？”他抬起头瞥了一眼，目光又回到黄色的书页上。

“您好，先生，我想要租一间公寓，越小越好。”

“不好意思，”管理员轻快地说，“我必须先把这一页看完。”

大概又过了十秒钟。

“好了，小伙子，你想要租一间公寓？”

“越小越好。“主角笑着补充道。

管理员上下打量着他：“是什么风把你吹到这儿了？”

“我只是来到这里了，我坐在列车上到了某一站，我决定下车，便来到了这里。”

“外面的生活太痛苦了，所以你逃避了，找到了这里？”

“一点也不错。”

“孩子，你或许来错地方了，拉尔夫特百分之九十以上的人口，是黑人。”

“我不介意。”

“你不介意？你只是不知道。你们这些长在白人区的孩子，从小听了太多种族平等的谎言，你不知道我们是什么样子的，你没有和我们生活过……”

“我不知道，但是我不介意。”主角淡淡一笑。

管理员用上扬、敌意的视线，审视着他，眼白透着红色的血丝，那大概是他对抗世界的姿态：“黑人有体臭，又懒惰、自私，如果没有钱赚，他们只会躺在沙发上吸毒。”

主角有些羞涩地别过头：“您是不想让我住在这里么？”

“不。”他否认道，“这栋公寓，本来就是给白人开发的，只是他们遗弃了这里，一场骗局。”

“一场骗局？”

“对。”

管理员便讲述了拉尔夫特的历史。大约四十年前，在里根时代，一些开发商决定大规模开发这里，他们修建公寓、商场、酒店，将拉尔夫特塑造成中产阶级的理想养老城市。那个时代，一个普通白人家庭，靠着男主人的一份工作，便能养活全家，购买新的彩电。增长似乎是无限的。中产阶级抱着投机的念头，将他们的钱投入这里的地产。可好景不长，1989 年股灾后，开发商的资金链断了，留下修建到一半的商场。房子变得一文不值，人们将房子以一半价格抛售，仍然没有人接盘。就这样，从没有来过的人，将他们的度假屋遗弃在这里，来了的人陆续离开，最后城里只剩下黑人，这里成了黑人的社区，便不会有新的人来了，也不会有新的商业。

“但是，这里很适合你这样的穷小子，不是吗？受不了身处大都市里的恐慌，便想躲在这样偏僻的角落。”管理员一边说着，从抽屉里寻找一些文件。

主角说：“我对商业、繁荣和思想进步感到厌倦了，我只想在这里。”

“你以前生活在哪里？”管理员问。

“布鲁克林、纽约。我靠打零工生活，付不起房租。”

“为什么不回到你爸妈那里？他们会毒打你么？”

“他们生活也不如意。”主角苦笑。

管理员迸发出一阵轻快笑声：“我十八岁的时候，被父母强行赶出了家门，我只能在朋友仓库里的旧沙发上躺了一个星期，再出去找工作。”

“他们为什么赶走你？”

“赶走？”他笑道，“如果你是一个黑人，你会天然地将子女视作负担。”

“这可真糟糕。”

“糟糕？也许吧，生活迟早会击垮我们，也许我太主观了，别人家的孩子或许获得了幸福。”他若有所思地，望去窗外的斜阳，仿佛回到了一个美好、从未发生过的从前。

“不管怎样，”管理员从文件夹里抽出一张纸，“十二楼的顶层公寓，朝南，两居室，最棒的位置。”

“这对我来说一定太贵了。”

管理员平淡地说：“房子的主人大概已经死了，他七年前来过这里，短暂地住过三个月，之后委托我将房子出租出去，可想而知，一直没有人来看房。电话几年前就打不通了，没人来过或提起遗产继承与变卖的事情。他们大概已经忘记了这座城市。”

“所以，”管理员狡猾一笑，“我们可以假装他没有死，以极低的价格租给你。”

“那钱给谁呢？”

“当然暂时由我保管，除非哪天出来一个人要认领它。”管理员将厚实的手掌击在一起：“怎么样，四百美元一个月？”

“三百五十美元吧。”

“成交，你这个穷小子。我们只需要伪造一些签字……”

“您知道哪里可以找到工作么？”主角轻轻地问，“我身上的钱只够付不到三个月房租。”

“我不清楚，你可以在人多的地方卖柠檬汁和热狗。”

“但这里没什么人。”

“没错，孩子。”他用黑色签字笔在表格上快速划过。

“不管怎样，我决定留在这里了。”主角对自己笑道。

三分钟后，管理员递给他一串铜钥匙：“去看看你的新家吧。”接着，他们用一场葬礼的时间乘坐电梯上到十二楼；走廊两边的门紧闭着，1205是最尽头的房间，管理员将钥匙插了进去，好像要将门撞破了才打开。

客厅里，沙发上的毛线球在光线下浮动着，在没有人的岁月里，阳光一直在造访这儿。

斜阳照在管理员苍老的脸上，他望着阳台上两把白色的椅子，上面的灰尘在光柱下蓬荜生辉。

“曾经的主人还住在这儿时，我们两个人有时坐在阳台上喝啤酒。”

“他是什么样的人？”主角问。

“推销员，干了一辈子的老实人，离过婚，有一个儿子。”

“他的儿子呢？”

“不知道，在某个地方吧。”

主角想起了列车上的老女人，他不禁设想推销员曾是她的丈夫，在离婚后，她把自己吃成了那样，他们有一个孩子，住在德克夏尔，尽管这之间绝不会有巧合。

“谢谢你。”主角淡淡一笑。

“好了，年轻人，我要下楼看书了。”说着，他要推开房门。

“如今看书的人不多。”主角说。

“我看书，只为了避免忘却，这是对抗死亡的一种方式，尽管你无法阻止它……”

“你看的是什么书？”

“大卫·冈萨雷斯，一个不入流的西班牙裔诗人，你听说过吗？”

“我也写诗。”主角说。

“如果你写诗，你就要以诗人的身份面对这个世界。”说完，他合上了门。

主角靠在阳台上，黄昏将公园的草坪染成了暗金色，现在是四点十五分。

他冲掉了浴缸里的灰，放满热水躺了进去，看着天花板上的光——天使从上空掠过，他感到一阵困倦。

3

他从昏沉的噩梦中醒了过来。在梦里，他不断逃离阳光，而阳光无处不在，最后吞噬了他。他从浴缸中站了起来，眼冒金星，摇晃地走到客厅，湿着身子，瘫倒在沙发上。

“差点要死了……”

他觉得这是离死亡最近的一次，这似乎没有道理，尤其是一切朝着美好一面发展时。

他光着身子走入阳台上的晚霞，街对面的公园里出现了许多黑人，草地上传来杂乱的旋律。他听见了萨克斯管、架子鼓……好像淘气的孩子不听家长的话，乱弹着酒店大堂的钢琴。而毫无疑问，这些错落的声音融合在一起，是成立的。

“这是爵士乐么？”

曾经在布鲁克林时，身无分文的主角喜欢在街上闲逛，有时路过了小酒馆会停下来，里面常有两三个音乐家，对着情侣们忘情吹奏。但是他与他们之间，隔了一层玻璃；他更钟爱那些隐蔽的废弃仓库：其中一面死墙上印着哭泣的圣母玛利亚，有人用粉笔在她的怀里，画了一个火柴人。他有时站在那里一整个下午，直到无法抵御寒冷，回到他窄小的公寓里。

而眼前的派对没有那层玻璃，尽管他会是人群中唯一的白人。他穿上最棒的衣服：一件号买大了的粉色衬衣、青色破洞牛仔裤和运动鞋，走下了楼。

草丛边没有围栏，没有售票处，他径直走了进去。一群高大的黑人女子在排队等待香肠，魁梧的身躯使主角想起希腊神话中丰满的裸体女神。她们的神态代表了爱、力量与嫉妒。她们随意交谈着——她们轻易爱上的糟糕男人有多么糟糕，她们为这些男人大打出手。她们的身体很美，又无比丑陋，因过多的酒精、炸肉与汽水而畸形。她们勇于展现畸形的乳房与屁股，好像那是一切爱的源头。

主角也闻到了香肠的味道，感到难以遏制的饥饿；他想起火车上的胖女人琳达，她会赶走所有黑人，一个人把所有香肠吞下去。他要了一大份炸薯条圈配香肠，以及一大杯柠檬水。

主角捧着食物，穿过了人群，仿佛朝着森林的中央走了一百年。他坐在草地上，屁股上传来潮湿的触感。

他的双眼突然模糊了，随后发现，这不是主观上的变化，而是世界在被红色的雨溶解。台上浮现出一个臃肿的女人，裹着红裙子，一个瘦弱的男人手持贝斯，他的两个伙伴负责架子鼓与小号。他们的职业大概是离异妇女、酒保、江湖骗子与无业游民。这里没有真正的音乐家，因为音乐无法养活自己，就像诗歌无法养活诗人。

为首的女人开始歌唱，对她而言，唱歌像说话一样容易。主角确信她说的是英文，可是却听不懂一个单词，或者说，那些音节本身就没有语义，但是他确信，那是有诗意的。台上的每个人，随性演奏着自己的作品，他们在讲述不同的故事：臃肿的女人献给不可能的爱情，贝斯手献给月夜下的孤独，鼓手献给在死亡中体验到的快感，小号手献给了迷惑人心的技巧——它们完美融合在一起，没有规则，没有谱子，而一切是成立的。

一切都是美的，因此世上一切丑也是成立的——苟且偷生的日子、巷子里的垃圾、永远不被承认的艺术。

主角抬起头，人群在欢呼，老头儿站了起来，女人发出高潮的尖叫，胖子掀起衣服，冲了出去。他只得再低下头，掩饰自己的泪水，所有人在笑，只有他哭了。他为自己幸福的泪水感到羞愧。

一个套着灰色帽衫的男人坐在了主角左边，过了很久，他开口道：“你知道这是什么音乐吗？”

主角未来得及回应，男人便自问自答道：

“这是融合爵士。”

“融合爵士。”主角默念了一遍。

“融合了世界上最好的东西，不是么？”男人笑道。

“是啊。”

“我叫麦克。”说着他伸出白色的手。

主角也说出了自己的名字。

“我们是这里唯二的两个白人，不是吗？”

“呵呵，是啊。”主角笑道。

“你为什么来到这里？”麦克问。

“我今天刚搬过来，我只是在路上随意漂泊着，便找到了这里。”

“这样很好，不是么？不受任何人的指引，不听从老人的话，不听从社会，只凭着内心的指引。”

“是啊。”

“不过说是那么回事，这里最大的好处是便宜，不是么？”麦克咧嘴一笑，他看上去三十出头了，脸上还有青春痘。

“是啊。这里很便宜。”他们相视一笑。

“所以某种程度上，我们都是因为钱来到这里的。”麦克说。

“不错。”

“告诉我，你之前是做什么的？”

“我写诗。”

“你写诗，在哪里写，写在纸上么？”

“对，写在纸上。”

“你把那些纸拿来卖钱？”

“我尝试过，可是它们的价钱比厕纸还便宜。”

“你在街上读过诗么？你知道的，我有时候走在街上，会看见一些人读诗，有人往他们的帽子里扔硬币，或者买上一两本书。”

“我尝试过一次，可这让我觉得自己是一个傻 ×。”

他们便乐得合不拢嘴。

“抱歉，伙计。”麦克拍了拍主角的肩。

“没事儿。”

“可以给我来一根香肠么？”他指了指草地上的餐盒。

“请便。”

“所以靠艺术无法生存，不是么？”麦克嘟囔道。

“靠艺术可以成为富翁，但是你得会贩卖有钱人喜欢的东西，或者让中产阶级觉得自己在精神上也很富有。”

“我理解。”麦克自信地点头，他看上去不太理解。

“所以你打算在这里干什么？”

“先好好放松一下，房租不贵，之后再打算干什么，反正我要留在这里了。”

“你住哪儿，兄弟？”麦克问。

主角指着身后的天空，他温馨的公寓被晚霞染成了暗红色。

“哇，真不错，晚上可以去你阳台上喝啤酒么？”

“当然可以。”

“真不错。”他又说了一遍。

“那你是做什么的？”主角问道。

“我？”麦克得意地一笑，“我什么也不做。”

“什么也不做。”主角也重复了一遍，他们相视一笑。

“嗯，说实话吧，我告诉你一个秘密。”麦克凑到他耳边。

“你说吧。”

“你保证不会告诉别人？”

“这儿没有别人。”

“其实我是骗领养老金的。”麦克神色诡异看着他，好像说出了天大的秘密。

“骗领养老金？”

“对。”麦克组织着语言说道，“事实上，我的母亲已经死了，但是我还在偷偷领她的养老金，没有人发现。”

“那可是一笔不小的数目。”

“所以我现在活得很轻松，我搬到这个地方，不会引起注意，他们发现不了。”他捂着嘴巴，用电视上联邦探员的语气说道。

主角用装着柠檬水的塑料杯碰了下他的啤酒瓶：“敬你死去的母亲。”

“敬我死去的母亲。”他说。

“我应该拿这笔钱，不是么？否则的话，这些钱就白白进入资本家口袋了。”

“一点也不错。”主角回应道，事实上，他不在乎这件事的善恶，仅仅出于友谊，表达对同伴的认同。

“你母亲的尸体在哪里？”

“她在弗吉尼亚海滩的一座白房子里，安静地躺在摇椅上。”

“邻居们没有发现么？”

“她不喜欢活在人群中，没有人打扰她。”

“真是幸福的死法。”

“幸福的死法。”麦克同意道。

“你有去看过她么？”主角问。

“没有，她不喜欢被打扰。”麦克说。

“你写什么样的诗？”麦克问。

“什么样的诗？”主角仰望着不透明的天空，此刻，它与数光年之外，某个星球上的晚霞是一样的。

过了十秒钟，他缓缓说道：“真实的诗。”

“真实的诗是什么？”

“任何我们内心触摸得到，又被他人忽视的存在。比如现在。”他温和地看着麦克。

空酒瓶子被丢在草坪上，音乐在进行着。

“你会成为伟大的诗人。”麦克伸出抓过香肠的手，拥抱了他。显然麦克对诗一无所知，但这是他一生中听过的最有力量的赞扬。

主角露出童年留下的不整齐牙齿，笑道：“谢谢你。”

第二首歌开始了。

“朋友们，让我们有请失真迪斯科舞会。”

烟雾中出现了一个年轻女人，她的翘屁股对着观众；后面是一个戴着眼镜的矮子，操纵着一台布满电线的合成器，通过他贝雷帽下深沉的鼻梁，你可以得知，他将生命献给了音乐，未得到母亲的理解。

翘屁股女人右耳朵上挂着一个新月耳环，好像今晚的月亮就在这里。她拿起话筒，开始歌唱。

我每一份工作不会超过三个月
我在麦当劳里拿最低的薪水
我经常请假
或者宿醉翘班
我喜欢偷喝草莓奶昔
尽管每个在里面干活的人明白
天知道那是用什么垃圾制成的
但是甜蜜的味道
没有任何人能抗拒
不是么？

她一定是世界上最懒惰的歌手，她的每一个音节都懒得发完全，被下一句话吞下去；像她的人生一样，永远追求短暂的快乐，从不去抵抗。她轻快的舞步在粉红色的光下变幻，戴眼镜的矮子十分沉醉，闻得见每一个音符的气味，传出粗糙的钢琴声、贝斯声及古怪的铃铛声。

女人朝观众扭动屁股，耳环随之摇曳，所有的爱聚合在她的月亮上。她接着唱道：

我喜欢与顾客调情
他们大多肥胖，令人
厌恶的黑鬼与白鬼
偶尔出现一个
健壮、温柔的男孩
开着偷来的克尔维特跑车
来购买薯条
我便放下眼前的一切
随他而去
直到一切破灭
我回到我的沙发上
寻找下一份
奴隶的差事

她的红唇通过歌声施了一个咒语，使天空定格在粉红色，久久不能褪去。

许多肥胖的男人站起来，为他欢呼，麦克也站起来，以白人的方式喊叫着。之后舞会变得越发混乱，空气中弥漫着甜味，不知混合了什么的饮料杯子，在人群中传递，每个人毫不犹豫地喝下去——黑人的口水混合着白人的，老人混合着孩子，病人混合着健康的人。

主角平静地坐在草地上，麦克在前面撒野，撞到了别人，他被人踹了一脚，揉着屁股回到主角身边。

“这帮疯子。”他骂道。

“你喜欢黑人么？”主角问道。

“喜欢黑人？”

“对。”

麦克以飞快的语速说道：“没有人喜欢别人，我们讨厌每一个人，因为他们占用了我们的空间，占用了我们的自由。但是……”

“但是？”主角用纯真的眼神望着他。

“我们每一个人都是傻 ×。”

“所有人都是傻 ×。”他强调了一遍。

接着朝天空大喊着：“所有人都是傻 ×！”然后拖动笨拙的大腿，冲向了啤酒吧。

主角注视着奔跑的麦克，没有批判任何一件事情——自己渺小可怜的人生，拥有杀人犯目光的酗酒列车员，肥胖、痛苦、垂死的种族主义者琳达，梦游的门卫，阅读诗歌却要压榨他的公寓管理员，靠着母亲的幽灵过活的麦克。我们为什么活着？美国究竟是什么？这些问题在酒精的催化下，使他的大脑爆炸。

这些问题显然没有清晰答案。但从此以后，我们的主角可以深信一点，世界上最美好的东西存在于诗歌与音乐，与驱使它们前进的爱。他拥有过它们，并且从此以后一直有。

漫长的夜晚刚刚开始，更疯狂、混乱的爵士乐在人群中爆发，主角拖着麦克沉重的身躯，回到他位于幸福公寓十二层的房间，他们站在阳台上，继续目睹人们的堕落。麦克将马尿色的啤酒灌入喉咙，开始发表他的政治观点——所有政客都是华尔街的走狗（显而易见），美国被狠狠地干了一下，他仍然不相信犹太人，他可以与性感的黑人女人上床。他说起了童年：很早便开着货车逃离的父亲、独自抚养他的母亲、他最爱吃的苹果派。夜深了，天上的星星躲在城市的幻灯后，继续偷听他们的故事。到最后，麦克昏倒在脏兮兮的沙发上，主角躺在了被单的螨虫上。

第二天下午，主角睁开了眼睛，感到口干舌燥，从水龙头接了一大口水，昨晚他做了梦，大概对过去二十六年的人生做了总结，醒来时又好似没发生过。他走到客厅，麦克倒在沙发上，阳光钻进了他牛仔裤下的屁股缝。

现在是四点十三分。主角来到阳台上，草地上还留着昨夜狂欢后的狼藉，他望着粉蓝色的天空，写完了一首诗，并朗读了它：

一个午后

如柏拉图说

“让哲学家统治”

最好的哲学家是诗人
一个伟大诗人
精通修辞学
终于在八十岁
入主白宫

他坐在总统办公椅上
望着阳台外的小花园
感到一阵哆嗦
热血从内脏涌出来
像他年轻时雄起那样
世界
就在你的手心

一个无人的
午后
我走进白宫
坐在他的椅子上
水蜜桃般的
女秘书
在抽屉下
舔食我的冰激凌棒

口水浸入方糖
将爱融化
我打开阳台的门
播放一张
迪斯科唱片
好像
地球上
所有人
从浑噩的阳光中
睁开眼睛
听懂了
它的声音

属于
人类的午后

这一刻，全人类有没有听见他的声音呢？

2020/11/19
大理

FONGHONG
凤凰联动出品